ZUMBIS DO ESPAÇO... E VAMPIROS

ANGELA CHRYSLER

Tradução por
EVIE DIANE

Publicado em 2021 por Next Chapter

Capa de CoverMint

AGRADECIMENTOS

Lá vamos nós de novo: outra página de agradecimentos que ninguém gosta de ler, exceto aqueles que são mencionados nela. Em vez disso, eu vou aproveitar esse momento para explicar um pouco sobre os personagens em Zumbis do Espaço.

Essa é uma obra de ficção, infelizmente. Empresas e lugares são produtos da imaginação da autora ou utilizados de forma fictícia. Eventos e incidentes são criados no cérebro louco da autora, que ainda está por aí imersa em um arsenal disfarçado de jardim pacífico à espera de que o apocalipse zumbi aconteça junto com uma invasão alienígena. Os vampiros eu acrescentei por diversão, porque... como é possível piorar uma história que já é ruim?

Os nomes e personagens desse livro são pessoas reais que vivem vicariamente através dessa história. Qualquer semelhança com pessoas reais, vivas ou mortas, foi *completa e totalmente intencional... e com a permissão exclusiva dos personagens mencionados. Todas as características dessas pessoas também foram baseadas nos seus próprios designs.*

Stanislava D. Kohut se nomeou Stanushka e pediu por chiclete e tranças cor-de-rosa enquanto segura sua bazuca gigante juntamente com os seus fetiches por armas. Eu disse: "Ok!"

Adam Dreece disse: "Eu quero um colete com bolsos! Muitos bolsos! E cheio de todo o tipo de bugigangas e outras coisas! E se lembre do meu monóculo!" Eu disse: "Ok!"

Matthew William Harrill disse: "Eu quero estar nu usando apenas uma tanga cheirando a alho e botas!" Eu disse, "Cerrrrto...?" e acrescentei a echarpe do Doctor Who em homenagem ao Tom Baker e à herança inglesa do Matt. Pareceu apropriado que o Matt roubasse a minha echarpe de colecionador e se embrulhasse nela como uma peça de roupa.

A resposta dele ao ler isso? "Eu COM CERTEZA faria isso!" Sim, Matt... Sim, você faria isso. E eu te caçaria.

Outros personagens que merecem menção e reconhecimento são:

C.L. Schneider (Cin Dixon)
Stan Sudan (O Professor)
Kylie "Kraken" Jude
Chess DeSalls (Chess "Sabre" DeSalls)
Jay Norry
J.S. Swiger
M.L.S. Weech, que pediu para ser um dos zumbis. Então eu lhe dei as honras e fiz todos baseados nele.

E o nosso querido navio, o HMS Slush Brain! Que é um verdadeiro grupo de discussão no Twitter, que carinhosamente chamamos de HMS Slush Brain. Não, você não pode participar. É um grupo privado para o nosso coletivo. Nós fazemos reuniões secretas e planos para dominar o mundo. Mas devido ao cérebro derretido que todos nós temos, duvido que algum de nós realmente tenha sucesso com isso. Para que fique registrado, o Matt é o nosso "Pinky." Nós somos o Cérebro.

Personagens adicionais nessa história são todos baseados em amigos da vida real que eu retrato da melhor forma de acordo com o seu personagem e pedidos (eu espero).

Para os meus colegas nerds.
O jogo começou.

Mergulhe comigo nos meus livros.
Eu vou te mostrar o que eu vejo.

INTRODUÇÃO

Eu concebi essa ideia pouco depois de assistir *Kung Fu Panda 3*. O trailer no começo mostrava dois homens parados... "zumbis... no espaço!" Depois de rabiscar "zumbis do espaço" em um guardanapo de pipoca, eu guardei a minha ideia durante as duas horas seguintes enquanto tentava não explodir de entusiasmo. (O filme foi ótimo, por sinal)

Quando eu cheguei em casa já tinha um enredo, mas tinha um desafio que me foi apresentado.

O meu marido é um cientista. Mais especificamente, ele é um físico e tem um mestrado em química orgânica. Sabe o que o Sheldon Cooper faz? Esse é o meu marido. O meu marido também é um grande leitor de ficção científica onde uma regra é de ouro: "Precisão científica". "Ele não assiste *The Walking Dead*, por isso, todas as segundas-feiras à noite, eu o coloco a par do próximo episódio. A razão dele para não assistir TWD?

"Há buracos demais no roteiro com base em um único conceito ridículo: Os zumbis são ilógicos!", argumenta ele.

"Quem se importa!", eu discuto. "Eles são zumbis! Não são mais lógicos do que Bruce Campbell e o seu exército dos mortos."

"Sim, mas... é o Bruce!"

É aqui que eu suspiro e o chamo de especialista em zumbis.

"O Bruce é tão cafona que acaba sendo fantástico!", diz meu marido.

"Então você está dizendo que os zumbis do *Walking Dead* são maravilhosamente reais?"

"Não! Eles são cafonas! Mas eles *acham* que são realistas!"

"Então eles se levam muito a sério?", pergunto eu.

"Sim!" A veia no pescoço dele está pulsando. "E é por isso que *Zumbis do Espaço* é incrível!"

Eu ponho de lado a minha reação sentimental e continuo a discutir.

"Eu não vejo TWD pelos zumbis", digo eu. "Eles são muito legais. Mas não é por eles que eu vejo a série. Eu vejo a série por causa dos personagens."

"Sim, mas eles se arrastam", diz ele. "Eles vão chegar à mesma conclusão de que todos os outros... a mesma resposta óbvia, mas eles estão levando seis temporadas para chegar lá!"

"Que é qual?"

"Você faz o que tiver que fazer para sobreviver."

"Claro que essa é a resposta!", digo eu. "Mas não é essa a questão. É claro que eles vão fazer o que têm que fazer para sobreviver. Nós vimos isso acontecer com a Carol. Vimos isso se perder no Morgan. E é disso mesmo que ele tem medo! O Morgan está convencido de que se ele matar novamente, voltará a fazer o que tem que fazer para sobreviver. Algo que o terapeuta não conseguiu explicar a ele. Vemos isso muito forte no Rick. Sobreviver. Claro que sim! Atravessar os limites da humanidade? Com certeza! Mas a que custo? E essa é a questão. A sobrevivência tem um preço e enquanto a humanidade se desfaz à sua volta, Rick e o seu grupo se agarram desesperadamente à deles. Embora tenhamos levado seis anos para chegar até aqui, na verdade são apenas cerca de dois anos no tempo deles."

"Mas é isso mesmo!", o meu cientista grita. "O corpo humano se desfaz depois de algumas semanas."

"Mas não se trata dos zumbis", eu grito. "Eles são apenas legais. A questão não é a sobrevivência. A questão é a humanidade durante o apocalipse. É como ver *Apocalypse Now* em câmera lenta. Mas a que ponto a necessidade de sobreviver vai acabar com a humanidade deles? A que ponto vai ser demais? Em que momento eles também vão se juntar aos canibais, estupradores e lobos? Eles podem abraçar a sobrevivência e manter a sua humanidade?"

Recebo em troca um grunhido pensativo. Ele pensa por um momento e volta ao seu romance de ficção científica.

Então, aqui estamos nós: *Zombies do Espaço... e Vampiros*. Eu precisei arranjar uma explicação crível, uma que o meu marido aceitasse... uma que se mantivesse de pé contra a precisão científica.

E se os zumbis forem uma raça alienígena que por acaso se assemelha a zumbis? E se a sua fonte alimentar for humanoides? E se eles vierem de um planeta com uma atração gravitacional muito menor e a taxa de divisão celular deles for excepcionalmente mais rápida do que a nossa? Então os corpos deles estão constantemente descamando a cada poucos dias, mas quando colocados na Terra, onde a atração gravitacional é muito maior, a pele deles é arrancada do corpo em pedaços, dando a eles a aparência e o movimento de zumbis.

Fazia sentido. O meu cientista aprovou a ciência. Era crível o suficiente para ele aceitar a alegação dos zumbis.

Então eu tenho os meus "zumbis". Tenho o meu "apocalipse". Mas depois tive uma ideia. Como poderia tornar isso ainda mais épico? Vampiros! E foi aí que eu percebi que os zumbis ameaçariam a fonte de comida dos vampiros. Zumbis contra vampiros. Esse era o título original. Mas eu não conseguia largar "Zumbiiiis... do ESPAÇO!" Alienígenas. Zumbis. Vampiros. O que mais você poderia pedir?

1

*P*INGUE *AS GOTAS DE LUZ DOURADA NO ESCURO DA NOITE.*

Aria Danes, dezenove anos, espreitou da linha rabiscada no seu caderno de notas. A chuva rolava pela janela do trailer, e o laranja do poste da rua refletia através das gotas que se estendiam pelo vidro. Aria suspirou e olhou para o relógio. Duas horas. O seu pai terminaria seu turno em breve.

O restaurante estava sempre parado a essa hora da noite.

"Custa mais para manter as luzes acesas e o pessoal lá do que o que já conseguimos de lucro", o seu pai resmungava frequentemente. *"O meu pai se vangloriou de um restaurante aberto vinte e quatro horas durante quarenta e oito anos, assim como o seu pai antes dele. Isso não vai mudar agora."*

O pai dela citava muito bem as palavras do patrão. Aria sorria e seu pai colocava o boné de beisebol na cabeça cinzenta e, lhe dando um abraço, ia para o trabalho do outro lado do estacionamento.

Aria adorava o trailer. Era aconchegante, ideal, e prático. Só ela e o pai e um conjunto constante de rodas debaixo dos pés, eles estavam sempre prontos para partir... se alguma vez conseguissem poupar o suficiente para irem a algum lugar. O seu pai, Richard Danes, era um homem trabalhador de quarenta e poucos anos, que tinha os pés no chão. Ele tinha passado os últimos dez anos perdendo os cabelos devido à sabedoria necessária para criar a sua pequena família, que sempre foi apenas Aria. A mãe tinha ido embora há anos e morrido, tudo antes de Aria ter aprendido a sentir sua falta.

Ela não fazia falta, porque o Sr. Danes estava sempre lá para ser o que quer que Aria precisasse naquele dia. A vida deles era simples e, aos dezenove anos, tudo o que Aria queria fazer era ir embora daquela cidadezinha e se mudar para lugares maiores.

"Vá para a faculdade", o Sr. Danes resmungava com um sorriso. "Seja algo melhor do que eu."

Sorrindo de volta, Aria sempre retorquia: "Eu sou melhor do que você".

Antes que ele pudesse discutir, Aria voltava a sonhar ao som das músicas no seu iPod.

Aria se levantou do seu lugar junto à janela com uma batida no vidro. Através das faixas pretas e alaranjadas de chuva, o seu pai sorriu para ela. Aria abriu a janela.

"Vou chegar mais tarde do que pensava", disse o Sr. Danes. "O chefe quer conversar com o pessoal hoje à noite."

"Hoje à noite?", chorou Aria.

"Ele diz que vai estar tudo calmo. É a melhor hora."

Desapontada, Aria acenou com a cabeça.

"O que é que você ainda está fazendo acordada, de qualquer jeito?", perguntou o Sr. Danes.

Aria encolheu os ombros. "Não consegui dormir."

"Bom...", o Sr. Danes olhou para trás em direção ao restaurante para esconder o sorriso. "Parecida demais com o pai."

Aria se inclinou para fora da janela e beijou o topo da sua cabeça.

"Certo", disse ela. "Boa noite, pai."

A chuva estava aumentando outra vez.

"Você não vai dormir, não é?", perguntou o Sr. Danes.

"Não." Aria lhe mostrou o seu sorriso favorito. "Me pareço demais com o meu pai."

"Teimosa", disse ele, voltando para o restaurante. "Te vejo quando acabar."

A chuva tinha definitivamente recomeçado. Um temporal estava a caminho.

"Tchau, pai", disse ela.

O Sr. Danes acenou e, agachado debaixo do casaco, correu pelo estacionamento lamacento até ao restaurante.

Aria lutou contra a janela do trailer, que tinha emperrado novamente. Aquela coisa estava sempre travando. O vento aumentou, e no momento em que Aria deu um soco na janela para mover a moldura desalinhada, um apito agudo cortou a noite e a chuva parou de repente.

Richard Danes tinha acabado de chegar ao final do estacionamento onde as luzes fluorescentes baratas do restaurante piscavam. Ele olhou para trás, para o trailer. A janela esquecida, Aria se inclinou para fora e ergueu a cabeça para ver melhor o céu. Estava muito escuro, como se algo tivesse sugado a luz da lua e das estrelas. Nem mesmo o contorno das nuvens de tempestade era visível na escuridão.

"Pai?", chamou ela.

Surpreso, Richard olhou em volta como se tentasse determinar para onde a chuva havia ido. Ele segurou uma mão acima do rosto, sombreando a luz do poste para melhorar a visibilidade.

"Pai?", chamou Aria. "O que aconte—"

Um segundo apito agudo a silenciou. Apertando as orelhas, ela caiu para trás, agachada contra o som enquanto se espremia no chão do trailer, ao lado da mesa de jantar dobrável.

Rapidamente, o apito estridente parou e a chuva continuou.

Aria se arrastou até ficar de pé e espreitou pela janela. A chuva caia como se nada tivesse estado lá há poucos momentos para interromper a tempestade. Tudo continuava como antes. O seu pai tinha desaparecido.

"Pai?", chamou Aria através da chuva. Ela olhou para o restaurante. As luzes tinham se apagado. Estava silencioso. Tudo estava muito errado. A preocupação atacou os seus nervos e Aria se abraçou contra o medo que tinha se cavado no seu estômago.

"Pai?"

O seu ritmo aumentou com o pânico crescente à medida que ela caminhava pelo trailer até a cabine do motorista. Empurrando a porta, Aria procurou pelo estacionamento por qualquer sinal de vida.

Sombras se moviam à distância. Aria se esforçou para ver o movimento à frente através da chuva e da noite. Uma espécie de murmúrio distante se seguiu e antes que Aria pudesse gritar, uma espécie de coisa, esfarrapada e manca, se arrastou pela lama. Os braços estavam pendurados como trapos.

O fedor atingiu o seu nariz, e quando ela abriu a boca para gritar, uma mão fria se agarrou a ela e segurou sua boca fechada.

"Nem uma palavra", a voz de um homem murmurou no seu ouvido. "Nem um som."

Os dedos frios e finos dele acariciaram a sua bochecha enquanto ela respirava fundo o cheiro fétido da morte.

"Você não sabe o que é isso, não é?"

Aria acenou com a cabeça. Uma mecha de cabelo caiu sobre o seu rosto.

"Sabe?" O homem pareceu surpreendido. "Então você sabe o que ele vai fazer se te pegar?"

A coisa coxeou em direção a Aria, que lutou contra a mão mantendo-a no lugar. O homem que a segurava correu uma bochecha fria contra a dela e respirou fundo, como se a estivesse cheirando.

"Nada aguça o apetite como uma fêmea assustada", disse ele.

Um grunhido súbito à esquerda forçou o homem a mudar de posição, encarando uma segunda coisa em forma de homem atravessando a lama. Os seus braços também estavam pendurados como trapos desfiados. O fedor dele machucou o nariz de Aria. De perto, à luz do poste, Aria podia ver os restos triturados de um cadáver em decomposição. Ela gritou contra a mão que segurava sua boca quando a coisa morta tentou alcançá-la. Soltando uma risada suave, o homem voltou a se mover, levando Aria com ele quando o cadáver em decomposição avançou. Com um golpe, uma lâmina voou do braço dele e levou a mão do cadáver com ela. O homem que segurava Aria se moveu e ela se libertou.

Tropeçando, ela fugiu do homem e do cadáver e parou diante da parede de sombras em movimento que mancavam na sua direção. Ainda vivo, o cadáver sem braço sibilava para o homem com a espada. Assustada demais para se mover, ela assistiu enquanto o homem passava a sua espada através do morto, levando a cabeça dele.

"Agora então", disse ele, endireitando seu colete quando um corpo rosnando atrás de Aria caiu sobre ela. Antes que Aria pudesse ofegar, o homem estava ao lado dela com a sua lâmina forçada através do morto. Assim de perto, Aria podia ver a pele perfeitamente pálida do homem, com o cabelo preto espesso e lustroso para trás. Olhos negros como a morte a espreitavam. Olhos nos quais Aria caiu fundo demais a mantinham no lugar. E tão rapidamente quanto o homem se moveu para o seu lado, ele estava em cima de Aria, com os lábios no seu pescoço.

Uma pontada de dor, seu corpo enfraqueceu e ela caiu nos braços frios do homem enquanto tudo à sua volta ficava escuro.

Aria acordou em um quarto escuro coberto de mogno e veludo vermelho sangue. Apesar das dores que atacavam cada articulação, Aria empurrou um pesado cobertor de seda que combinava com o vermelho e se sentou na cama cercada por quatro pilares esculpidos de forma intrincada. Com base na dor no ombro, uma coleção de hematomas acompanhava a dor nas suas articulações.

Uma luz laranja entrava por debaixo da porta e através do carpete. Vozes distantes no cômodo ao lado desafiavam o silêncio. Aria se levantou da cama. Enquanto dormia, alguém a tinha vestido com uma camisola branca que caiu até os seus pés descalços quando ela ficou de pé. Apesar da falta de correntes ou barras, ela estava certa de que não estava livre. Aria andou devagar em direção à porta.

"Quais as novidades?"

Aria quase abriu a boca para responder quando uma segunda voz, suave como a primeira, a cortou.

"Os outros se posicionaram globalmente... estrategicamente, pelo que parece." A segunda voz manteve uma ponta de preocupação. Silenciosamente, Aria se aproximou, desesperada para ouvir cada palavra, embora eles não tentassem falar em particular.

"E o progresso deles?" Essa era a voz do homem com a espada que a tinha agarrado junto ao restaurante.

"Já exterminaram os governos, os seus exércitos e a mídia."

"Líderes, defesas, comunicações... tudo de uma só vez", murmurou o homem com a espada.

"Em uma única noite, pelo que parece. Estão assumindo o controle", disse o segundo. "A maioria das cidades já foi invadida. Outras foram completamente dizimadas."

Houve uma pausa enquanto o silêncio se instalava.

"Quanto tempo?", perguntou o homem com a espada.

"Se deixarmos os outros continuarem com os seus planos?" Aria imaginou um encolher de ombros derrotado que não conseguia ver. "Poucas semanas. Talvez um mês. Depende do quanto os humanos decidirem ser proativos."

"Humanos", respirou Aria, e depois segurou a respiração.

"Não sobrou ninguém?", disse o homem com a espada. "Alguém tomou alguma decisão para se mexer?"

"Pelo que parece, eles não tiveram tempo", disse a segunda voz. "Já era tudo. Os Weeches foram minuciosos."

Aria não fazia ideia do que aquilo significava, mas a preocupação que ela sentiu no restaurante estava de volta mais forte do que nunca.

"Isso não nos deixa muita escolha", disse o homem com a espada. Havia uma pitada de derrota no seu tom. "Reúna todos."

"Meu senhor."

Aria mordeu o punho. Apesar da inundação de perguntas e da confusão, ela estava certa de que "eles" eram os humanos e ela estava duplamente certa de que quem ou o que quer que "os outros" fossem, eram os corpos em decomposição que a tinham cercado.

"Pode sair", chamou "o homem com a espada". "Eu sei que você ouviu cada palavra."

Decidindo manter a compostura, Aria empurrou a porta que se abriu para uma sala de estar luxuosa. O rico mogno e o veludo vermelho sangue continuavam nessa sala.

Uma espreguiçadeira vermelha descansava como peça central diante de uma lareira crepitante envolta em pedra. Apesar do número de candelabros, arandelas de parede e castiçais, apenas um punhado foi aceso. Pequenas mesas luxuosamente esculpidas ladeavam as paredes que gotejavam com cortinas de veludo.

Estranho, pensou ela sobre a obscena falta de luzes eléctricas.

Ao lado da espreguiçadeira, o homem com a espada estava de pé. Atrás dele, um par de portas altas subia até o teto: a porta da sua cela. Aria olhou para o seu anfitrião. O par de olhos negros olhou de volta. Com uma pele perfeitamente pálida, Aria agora podia ver claramente o seu captor. O cabelo negro estava penteado para trás e descia longo até o pescoço. Ele era alto e magro, mas claramente forte... e poderoso. Ela não tinha dúvidas sobre o poder que o seu corpo tinha. Isso ficou muito claro de onde ele estava. Aria avaliou a sua altura em alguns centímetros acima de um metro e oitenta. Ele se elevava sobre os próprios um metro e sessenta dela.

"Onde está o meu pai?", perguntou Aria, indo direto à única pergunta que importava.

"O seu pai?", repetiu o homem com a espada.

"O meu pai." As palavras de Aria estavam perigosamente perto de um grito, mas ela se controlou. Ela não estava prestes a demostrar emoção. Ela já tinha decidido que ele não valia a pena.

"Pela minha vida, eu realmente não sei", ele respondeu muito educadamente.

Aria decidiu não insistir na questão por enquanto.

"O que você quer?", questionou ela, forçando a pergunta.

"Algumas coisas", respondeu ele, e então pausou, parando por um momento para olhá-la de cima para baixo.

Visivelmente reprimindo um sorriso, ele a avaliou como se estivesse decidindo se ela merecia ser cobiçada.

"A sua pergunta é vaga", ele finalmente respondeu.

"Quem é você?", perguntou Aria, um pouco irritada com a admiração dele.

"Melhor." Ele permitiu que um sorriso completo expandisse sua boca enquanto os seus olhos brilharam com um brilho satisfeito. "Eu me chamo Caius."

"Por que estou eu aqui?"

"Eu trouxe você até aqui." Caius disse aquilo como se tivesse lhe feito um favor.

"O que eram..." Aria hesitou. Todas as palavras que lhe vieram à cabeça eram ridículas. Absolutamente ridículas.

"Zumbis?", Caius completou para ela.

"Ai, não diga isso", Aria gemeu. Era tudo ridículo. Ela fez uma careta, mostrando o primeiro sinal de emoção desde que havia acordado. Pensando melhor, ela reclamou consigo mesma e recompôs a sua cabeça fria.

Caius sorriu. "Eles não são exatamente zumbis, apesar de parecerem muito, não é?"

Aria o encarou com um nível de desaprovação que mal conseguia controlar. Nada disso era engraçado e ela não estava com disposição para brincadeiras.

"O que você viu foi uma invasão", disse Caius, circulando pela sala de estar. Ele se instalou no sofá. Descansando o braço no encosto da espreguiçadeira, ele cruzou as pernas. "A primeira de muitas. Enquanto você dormia, quase cinquenta mais aterrissaram..."

"Aterrissaram?"

"A sua raça está sendo dizimada."

O sangue foi drenado do cérebro de Aria e ela se sentiu fraca.

"O que —" Ela não conseguia falar.

"Sente-se", disse Caius, apontando para o lugar ao seu lado. "Você não come nada há dias."

"Dias?" Aria concentrou a sua atenção de volta em Caius. "Há quanto tempo eu..."

"Três dias, Aria."

"Como é que você sabe o meu nome?"

"Você deve estar com fome."

À menção de comida, Aria notou a dor na barriga e o quão pequeno o seu estômago parecia. Com base na curvatura, ela assumiu que tinha perdido quase quatro quilos naqueles poucos dias.

"Vou mandar trazer algo da cozinha", disse Caius, se levantando do sofá.

"Onde eu estou?", perguntou Aria.

"Você está a salvo."

"Eu vou embora", anunciou Aria, e selecionando a rota mais próxima até as portas, passou por Caius. Ela tinha dado dois passos antes dele estar em cima dela, na sua frente, a segurando. Aria não teve tempo para responder. Caius estava perto, a boca no seu pescoço.

O hálito dele roçou a sua orelha.

"Correntes e barras não seguram você porque não precisamos delas", ele respirou, tocando o seu lábio no ouvido dela.

Aria sentiu frio deslizar pelo seu corpo, e com ele, a compreensão. O poder que ela tinha sentido em Caius não era uma ilusão. Ela o sentiu nos braços dele. Sem esforço nenhum, ele conseguiria quebrá-la em dois e muito pouco o impediu de fazer isso. Ela duvidava que ele sentiria algum remorso. Se Caius quisesse, nada o impedia de tê-la. Isso ficou muito claro quando ele plantou um beijo suave na ponta do seu ouvido e, ainda a segurando pela cintura, permitiu que ela desse um passo para trás.

Permitiu.

"Você tem muito o que aprender, Aria", sussurrou Caius. "Xavier."

Aria permaneceu parada enquanto Xavier abria uma das vastas portas que a mantinham escravizava.

"Mande a cozinha preparar algo para a Senhorita Danes", disse Caius. O seu pedido foi educado e gentil porque, Aria tinha certeza, ele não precisava ser nada além disso. Ela ouviu a mesma obediência de antes na voz de Xavier.

"Meu senhor." Xavier se curvou e fechou a porta atrás dele.

Aria olhou para o rosto de Caius e estudou o vazio indiferente.

"O seu coração é negro", disse Aria. "Eu vejo isso nos seus olhos."

Caius sorriu com orgulho como se tivesse sido arrebatado por ela. Antes que ele pudesse responder, Aria desviou seu olhar e marchou de volta para o quarto, batendo a porta entre eles.

O APOSENTO ERA IMPONENTE e sombrio. Até mesmo o fogo na lareira parecia frio, apesar das chamas dançantes que se fundiam cor de laranja ao redor.

"Bom, isso é assustador", murmurou Aria, olhando para as cortinas vermelhas, linhos combinando e tapetes de pelúcia grossa de um vermelho profundo como sangue carmesim. Ela se abraçou, esfregando os braços enquanto uma das cortinas grossas se movia. Aria pausou por um momento e depois correu em direção à janela aberta escondida atrás da cortina. Ela a abriu e ofegou.

A janela era na verdade um conjunto de portas francesas de vidro que abriam para uma varanda de pedra. Aria saiu para o terraço. Dele, ela podia ver o que era a sua prisão: um castelo gótico completo com parapeitos de pedra com ameias, posicionado em alguma ilha qualquer.

A noite cobria o mundo de um preto bonito, salvo a lua acima, clara e perfeita e inteira como sempre. À frente estava um rio tão largo que escondia o horizonte atrás das sombras. Sombras que se moviam. Aria focou a sua atenção na linha preta ao longe e depois ofegou, a mão sobre a boca. Ali, além do abstrato da imaginação, Aria podia ver o movimento preguiçoso de cada zumbi. Até onde os olhos podiam ver, milhões deles vagavam como um câncer infeccioso que tinha se infiltrado na terra e se espalhado.

Um forte impacto sacudiu Aria do horror e ela girou a tempo de ver uma mulher pequena com um vestido inglês do século 18. Ela era perigosamente magra, quase desajeitada enquanto endireitava uma bandeja prateada carregada com o que parecia ser os acessórios de uma refeição generosa. Carne bovina salgada, vinho tinto, queijos maduros e frutas cobriam a travessa. Mas ela perdeu o apetite quando uma mão fria e gentil lhe tocou o ombro. Ela não precisava vê-lo para saber que Caius estava atrás dela.

"Deixe-nos, garota." A voz sedosa de Caius lhe subiu à espinha.

Aria deu um passo enquanto a empregada inglesa ia embora. Na pressa, ela fechou as portas atrás de si como se estivesse assustada demais para levantar os olhos do chão. Aria se virou para encarar Caius.

"Eu mandei trazer uma bandeja para você." A voz dele era muito suave.

"Espera mesmo que eu agradeça?"

"Seria bom", ronronou ele.

"Obrigada", zombou ela.

"De nada." Caius sorriu. Assim, ao luar, ela podia facilmente distinguir as finas fileiras brancas dos seus dentes, e os caninos superpronunciados que só eram visíveis com um sorriso completo.

Divertida, Aria balançou a cabeça. "O que é isso?"

Caius inclinou a cabeça em dúvida.

"Você não pode esperar que eu acredite que eles..." Aria se moveu em direção à janela.

"Os zumbis?", finalizou Caius.

"Urgh." Aria sentiu o seu estômago revirar com a estupidez de tudo aquilo. "E que você..." Ela olhou para Caius de cima a baixo.

No geral, ele era bastante impressionante. Ela teria flertando descaradamente se não estivesse tão preocupada com o seu pai ou com o fato de estar de pé em uma maquete de Drácula do século 17, e uma bem convincente por falar nisso. Ela não tinha certeza do que estava tentando dizer.

"E o que eu sou?", perguntou Caius.

"Eu não tenho que responder isso", disse Aria.

Caius inalou e deu um passo na direção dela, que levantou a cabeça em desafio. Ela se recusou a recuar.

Tudo o que ele tem que fazer é se mover, e ele pode quebrar você. Ela repetiu o mantra enquanto se mantinha de pé. Ele estava tão perto que ela podia sentir o seu cheiro doce e o poder que ele abrigava, tão perto que o seu queixo quase roçou o peito dele.

"Você é muito bonita", sussurrou Caius, e deslizou um dedo pela sua mandíbula.

Aria lhe deu uma bofetada.

"Se você não se importa, o meu jantar está esfriando", disse ela.

"Assim como o meu."

Aria enrijeceu.

"Eu posso esperar", disse Caius, se dirigindo até a porta. "Não vou envelhecer."

Com uma reverência sutil, como se quisesse lhe dar boa noite, ele fechou a porta atrás de si.

2

Aria correu até a porta e puxou a maçaneta. Convencida de que estava trancada, tropeçou um pouco quando ela se abriu. Ela recuperou o equilíbrio e colocou a cabeça na sala de estar. Caius havia desaparecido.

É claro, ponderou ela.

Sem hesitar, Aria fechou a porta. Com a rapidez com a qual ele podia se mover, ela tinha certeza de que ele a estava observando. Se ela fosse fugir, teria que ser planejado. Pensado. Cuidadosamente tramado.

"Olá."

Aria quase saltou e se virou para ver uma mulher recostando-se muito confortavelmente em um armário empurrado nas sombras contra a parede de pedra. A sombra a mascarava pela maior parte, mas não o suficiente para que Aria não conseguisse distinguir o seu corpo esbelto envolto em couro preto. As finas botas de couro iam até os joelhos, e o seu exuberante cabelo castanho era pintado de púrpura com pontas azuis sutis chegando nas coxas. A mulher segurava carinhosamente um frasco com uma manicure elegante que deixou as suas unhas pintadas de preto. O brilho delas era impressionante na sombra tocada pela luz do luar quando ela inclinou o frasco para tomar um gole.

Pelo cheiro, Aria tinha certeza de que ela estava bebendo um Merlot.

"Quem é você?", perguntou Aria.

"Me chame de Cin", disse ela, colocando a rolha no frasco e o empurrando casualmente para dentro da bota.

"Cin", repetiu Aria. "Você é um deles?", perguntou Aria, um pouco mais ácida do que pretendia.

Cin escorregou do armário.

"Longe disso", disse ela. "Não."

"O que são eles?", perguntou Aria. "Onde eu estou? Você sabe onde está o meu pai?"

"Vampiros, ou a coisa mais parecida com o que você chamaria de vampiros, o Rio São Lourenço , e não. Eu não sei onde o seu pai está", disse Cin.

Não ligando para as duas primeiras respostas, os ombros da Aria caíram. Ela apertou as mãos contra os olhos e esmagou as lágrimas que ardiam.

"Você está bem?", perguntou Cin.

"Eu não..." Aria estava saindo do choque. Ela sentiu as suas forças diminuírem e, quando o seu corpo começou a tremer, ela começou a chorar. A qualquer momento ela cairia no chão aos prantos.

"Ei", disse Cin, acalmando Aria gentilmente. "Você está bem. Toma." Cin tirou um segundo frasco do interior do casaco de couro preto-púrpura. Aceitando o frasco, Aria tomou um longo gole, esperando o corpo seco e denso de um Merlot.

Um momento depois, ela foi apanhada em um ataque de tosse.

"O que—" Mais tossidas a cortaram. "— é isso?"

"Absinto", disse Cin.

Depois de um momento, a tosse de Aria acalmou o suficiente para que ela se colocasse de pé novamente.

"Melhor?", perguntou Cin.

Aria acenou com a cabeça com uma tosse final.

"Ótimo. Pronta para ir?"

"Ir?", perguntou Aria, enquanto Cin caminhava para o terraço.

"A menos que você queira ficar aqui." Cin pausou, como se não soubesse o que Aria queria. "Você quer?"

"Não", disse Aria.

"Muito bem, então. Por aqui."

Aria seguiu Cin até ao terraço e olhou para baixo onde uma longa corda de nylon estava presa com algo que se assemelhava a equipamento de escalada. Aria estudou o sistema de cordas em dúvida.

"Tem um cara que trabalha para nós. Essa é uma das criações dele. Fantástico, se você quer saber."

Aria acenou com a cabeça e ouviu as instruções dadas por Cin enquanto apertava o sistema de roldanas na cintura.

Com Cin à frente, Aria seguiu o exemplo.

"Você vai chutar e deslizar", disse ela.

Aria acenou com a cabeça. "Chutar e deslizar."

Cin já estava descendo. Um momento depois, os pés dela tocaram no chão.

"Pronta?"

Aria respirou fundo. "Eu consigo."

Uma mão fria agarrou Aria, segurando-a no terraço. Arfando, ela olhou nos olhos de Caius.

"Vai a algum lugar?"

"Aria, solta!", gritou Cin.

Mas Caius tinha os dedos torcidos no cabelo de Aria.

"Aria!", gritou Cin.

Antes que Aria pudesse responder, Caius estava em cima dela. Os dentes dele se afundaram no seu pescoço. Aria lutou contra uma onda de sono vertiginosa enquanto o seu aperto relaxava em volta da corda.

"Merda", disse Cin do chão. "Aria, solta!"

Mas Aria já estava inconsciente e dormindo nos braços de Caius.

Puxando um pequeno dispositivo do cinto, Cin virou o pulso e o aparelho se desdobrou no que parecia ser um brinquedo de criança voador. Cin o atirou para cima. Impulsionado por uma mecânica interna, ele navegou até o terraço. O equipamento dos alpinistas se soltou da varanda no mesmo momento em que o aparelho liberou um fio de eletricidade que disparou contra o peito de Caius e o manteve ali.

Gritando de dor, Caius soltou Aria e ela caiu.

"Aria!", gritou Cin, vendo-a cair do terraço.

Antes que ela pudesse se mover para parar a queda, um flash de preto puxou Aria do ar.

De pé, diante de Cin, uma mulher toda vestida de preto segurava Aria. As meias arrastão roçavam as suas pernas entre as botas de couro de salto alto e a minissaia de couro. A metade inferior do seu cabelo preto tinha sido tingida com um vermelho tão profundo que o seu cabelo parecia pingar sangue. Os seus lábios pretos se partiram com um sorriso tímido, fazendo com que a sua pele já lindamente fria parecesse ainda mais pálida. O delineador escuro realçava a travessura do seu olhar enquanto Aria começava a acordar, ainda confusa.

"Kylie!", chamou Caius do terraço. "Traga ela aqui."

Kylie bufou, divertida. "Me obrigue", disse ela, ganhando um rosnado de Caius.

"Aqui", disse Kylie, passando Aria para Cin.

"Kylie!", gritou Caius.

Kylie mostrou um dedo com a unha lindamente feita para Caius. O seu esmalte preto refletiu o luar.

"Pare com isso, Kylie", avisou Caius.

"Nem pensar", disse Kylie.

Enquanto Cin ajudava Aria a encontrar o chão debaixo de si, houve um flash da varanda e, ofegante, ela se preparou para um impacto que nunca veio. Atrás dela estava Kylie, a única barreira entre Cin e Caius. O braço esticado de Kylie empurrava contra ele.

"Cuidado com o seu flanco, irmãzinha", disse Caius.

"Cuidado com o seu."

Caius rosnou.

"É melhor você ir andando", disse Kylie à Cin. "Se ele se zangar o suficiente, eu não vou conseguir impedi-lo."

Quando Cin começou a se afastar com Aria, Caius tentou se mover ao redor de Kylie, mas ela se movia rápido demais. As mãos dela bateram no peito de Caius, o jogando vários metros para atrás. Ele recuperou o equilíbrio e se moveu novamente, mas no tempo que Caius levou para se recuperar, Cin e Aria desapareceram.

"Sua maldita!", disse Caius, levantando a mão para bater em Kylie. Ela segurou o seu punho.

Kylie sorriu enquanto Caius rangia os dentes.

"Eu nunca devia ter te puxado de volta", disse ele.

"Não", disse Kylie. "Não devia."

Caius puxou a sua mão.

"Eu poderia mandar matar você aqui,", ameaçou ele.

"Não", disse Kylie. "Não pode, ou você já teria feito isso há muito tempo"

Sem outra palavra, Kylie caminhou em direção aos jardins, longe do castelo e de Caius.

"Fique no meu caminho outra vez, Kylie, e você não vai sobreviver outro dia."

Kylie começou a assobiar uma canção de sua autoria.

"Há outras maneiras de matar um imortal que se recusa a morrer!"

"Veremos", disse Kylie, sem se preocupar em olhar para trás.

"Vadia!", gritou Caius e Kylie acenou despreocupada dos jardins, as suas unhas pintadas com o brilho negro capturando o luar.

3

Cin colocou Aria no pequeno barco a remo que balançava contra a água. Pegando um remo, ela o empurrou contra a terra e colocou o barco em movimento para longe da ilha.

Aria se mexeu, dolorida enquanto mudava de lugar desconfortavelmente no barco.

"Com calma", disse Cin.

"Eu estou..." Aria tentou responder.

"Agora nós estamos bem", disse Cin.

"Onde nós estamos..."

"No Minnow", disse Cin.

"...indo", esclareceu Aria.

Cin deu um sorriso e tirou um frasco do bolso de trás antes de tomar um gole.

"Para um lugar seguro", disse Cin.

O barco subiu a corrente, cortando o nevoeiro noturno. Aria abraçou os joelhos contra o peito, a sua atenção fixada nos cadáveres que se arrastam ao longo da margem do rio.

"O que são eles?", disse Aria.

"Eles são zumbis", disse Cin, quase sorrindo.

Aria franziu as sobrancelhas na sua direção.

"Não, eu quero dizer... de verdade."

Sorrindo, Cin levantou o frasco até a boca.

"O que aconteceu?", perguntou Aria.

Outro longo gole.

"O que parece que aconteceu?", perguntou Cin, finalmente.

Aria olhou através do nevoeiro para um grupo de cadáveres abaixados, se revezando para puxar a carne de uma mulher aos gritos. Aria se encolheu enquanto Cin bebia outro gole.

"Como é que você me encontrou?", perguntou ela.

Cin encolheu os ombros.

"Você sabe de alguma coisa?"

Cin percebeu a mordacidade no tom de Aria.

"Eu sei de muita coisa", disse Cin. "Só acho que não sou eu quem deve explicar, nem que um barco no meio do rio São Lourenço é o lugar para te dar a notícia."

Aria olhou para a costa e viu a onda de cadáveres subindo a corrente. Gritos as seguiram pela noite enquanto a lua enchia o céu. As sombras engrossaram. De vez em quando, Cin dava um empurrão com o remo, permitindo que a corrente as carregasse.

A batida suave contra o barco embalou Aria para um descanso entorpecido; a postura de Cin se animou.

"Ali", disse Cin, apontando para a frente.

Aria seguiu o seu entusiasmo e ofegou ao ver o grande navio logo à frente.

"Um barco?", disse Aria.

Cin deu uma risada. "Não deixe a Capitã ouvir você chamar ele de barco."

"Capitã?", disse Aria, e Cin sorriu.

"Ahoy, a Capitã. Ele é um navio", disse Cin. "Esse é o HMS Slush Brain."

Elas se aproximaram do navio. As escotilhas brilhavam com uma luz laranja. A bordo, Aria podia ver a ocasional lanterna que parecia estar balançando no convés. Quanto mais se aproximavam do navio, mais o nevoeiro se afastava até que Aria conseguiu ver uma silhueta escura. As marias-chiquinhas que emolduravam a cabeça eram diminuídas pelo lança-foguetes empoleirado casualmente em um dos ombros. O sangue foi drenado do rosto de Aria enquanto o estalo de um chiclete cor-de-rosa quebrava o silêncio.

"O que estará a bordo do convés essa noite?", uma voz no convés foi levada para baixo.

"Apenas um Slush Brain cheio de piratas, bebida e a amarga mordida da pólvora negra."

A garota baixou o lança-foguetes à medida que o barco se aproximava. A lanterna balançante iluminava ocasionalmente uma mulher com compridas marias-chiquinhas louras e cor-de-rosa.

Cin sorriu para a mulher vestida como uma estudante católica, que estalou uma bola de chiclete rosa. Sorrindo para o Minnow, ela disse uma palavra.

"Incrível."

"Oi, Stani!", disse Cin, sorrindo para o convés onde estava a mulher com as marias-chiquinhas loiras e cor-de-rosa, o lança-foguetes ainda descansando no seu ombro.

"A Capitã estava preocupada com você, Cinders", disse a mulher.

"Diga a ela para pegar uma Guinness e relaxar", disse Cin. "Eu estarei lá em breve. Me ajuda a trazer a Aria a bordo."

A mulher no convés atirou uma escada de corda para baixo. Usando a escada, Cin puxou o barco paralelamente com o navio.

"Suba", disse Cin à Aria, que se levantou rápido demais e balançou o pequeno barco com muita violência.

"Se segura", disse Cin, agarrando o braço de Aria. "De todos os rios para nadar, você não vai querer cair nesse aqui." Cin passou a escada de corda para Aria. "Aqui. Sobe primeiro. A Stanushka vai estar lá em cima para te receber."

Aria olhou para Stanushka enquanto o chiclete cor-de-rosa dela arrebentava. Stani bateu os lábios, puxando o chiclete de volta para a boca e mastigando com gosto enquanto sorria para Aria.

"Certo", disse Aria, e se empurrou escada acima.

"Aqui", disse Stani, colocando o lança-foguetes de lado. Ela abaixou e pegou a mão de Aria.

"Bem-vinda a bordo do HMS Slush Brain, Aria", disse Stani. "Você vai adorar."

Cin passou por cima da borda e saltou para o convés com facilidade.

"Você bebe?", perguntou Cin.

"O quê?", perguntou Aria, se virando para Cin, que já estava tirando um frasco da sua outra bota.

"Aqui."

Aria balançou a cabeça enquanto Cin dava um gole.

"Você vai precisar. Onde está o Capitão, Stani?"

"Com os caras", disse Stani. "Por aqui."

Somente quando Stani se abaixou para recuperar uma segunda arma descansando no convés, Aria percebeu a pistola de cano longo escondida carinhosamente ao lado de Stani junto com uma Dillinger aninhada em sua bota de couro que ia até as coxas.

"Para que a artilharia?", Aria murmurou para Cin.

"Hum? Stani? Stanushka adora armas de fogo", disse Cin. "Não gosta, Hawaii?"

"Sim!", disse Stani.

Aria estudou a arma na mão direita de Stani. "Uma pistola não é lenta demais para os dias de hoje?"

"Cuidado com a língua", disse Stani com um olhar severo por cima do ombro. "Essa não é uma pistola comum", disse ela, e levou Aria e Cin por uma porta abaixo do convés superior.

Acolhida sob o convés superior, uma luz quente e acolhedora enchia uma pequena, mas aconchegante sala que servia de cozinha, sala de jantar e sala social ao mesmo tempo. Todas as partes de uma cozinha forravam a parede mais distante, onde uma mulher baixa — usando uma roupa branca, tiara e chapéu de pirata — se agachava enquanto vasculhava a geladeira.

No lado oposto da geladeira, um homem escandinavo alto, muito bem-vestido com couro e espadas que escorriam do seu corpo, descansava o braço na porta aberta da geladeira. Seus longos cabelos loiros caíam bem além dos seus ombros, e a barba o fazia parecer muito com um guerreiro que havia saído das páginas de *Beowulf*. A grande espada nas costas e a cimitarra na cintura acrescentavam ao seu look de guerreiro sueco. Ombros e braços largos confirmavam o uso constante da lâmina.

Um homem alto com mãos bonitas estava sentado à mesa. Mexendo com algo parecido com um relógio, ele se sentava curvado, sem se importar com o resto da sala. O seu brinco captou a luz quando ele parou para ajustar seu monóculo. Ele deslizou a mão para dentro de um dos bolsos do seu colete dourado colorido e retirou algo tão pequeno, que Aria não conseguiu identificar.

"Olá." O escandinavo sorriu da geladeira. "Eu sou o Norry."

"Onde está a minha Guinness?", gritou a mulher da geladeira.

"Você bebeu, Ange", disse Norry, depois sorriu para Aria, como se estivesse orgulhoso. "Ela é a Capitã. Essa é a nossa Capitã."

"Eu não bebi. Você pegou—"

Aria se firmou segurando no encosto de uma cadeira.

"Você mesma bebeu a última garrafa", disse Norry.

Um enjoo atacou Aria. A cabeça dela girou pior do que nunca.

"Pessoal", disse Stani.

Norry e Angela olharam a tempo de ver Aria começar a cair e Norry saltou, apanhando-a pouco antes de ela cair no chão.

"Quando foi a última vez que ela comeu?", perguntou Angela, esquecendo a bebida.

Aria levantou a cabeça, incapaz de se acalmar. A sala estava girando, agitando o seu estômago.

"Você bebeu a minha Guinness", gritou Angela de repente a Norry. "Eu posso sentir o cheiro em você!"

"Eu não—"

Vomitando, Aria se sentou e deu um banho em Norry com as suas entranhas. A última coisa que ela ouviu antes de desmaiar foi a risada de Angela.

4

A CABEÇA DE ARIA LATEJAVA COM CADA RANGIDO. A CONSCIÊNCIA A inundou quando ela notou o cheiro de canela no ar quente. Ela se mexeu. As últimas horas, dias ou semanas finalmente cobraram o preço e cada uma das suas juntas gritava em protesto. O sabor do vômito continuava na sua boca enquanto ela tentava se sentar na sala escura.

"Devagar agora."

Aria se virou para a voz gentil e foi saudada pelo sorriso brilhante de Stanushka.

"Onde eu estou?", perguntou ela.

"Abaixo do convés. Sinto muito por eles", disse Stani, rolando os olhos como se estivesse envergonhada. "A Capitã tem o hábito de se esquecer que existem outros que não estão acostumados aos zumbis..."

Deixando a cabeça latejante cair de volta na cama, Aria soltou um gemido.

"Você não gosta de zumbis?", perguntou Stanushka.

Aria estava se sentindo mal outra vez.

"Eu não —" Aria apertou os lábios. Uma onda de lágrimas queimou os seus olhos.

"Ei," Stani a acalmou com uma voz cantada. "Você está bem."

Aria tremeu enquanto chorava calmamente.

"Eu sei...", disse Stani, esfregando o seu braço. "É muita coisa para absorver no início."

"O que —", Aria respirou fundo. "O que aconteceu?"

"Você vomitou, depois desmaiou, e —"

"Não." Aria esmurrou a cama. "O. Que. Aconteceu."

"Ah." Os ombros de Stani caíram com a realização. "É, acho que não fizemos um bom trabalho explicando as coisas."

Aria olhou para o teto enquanto as lágrimas corriam pelo seu rosto.

"Estamos sendo invadidos", disse Stani. "Bem... nós fomos invadidos."

Aria se virou para Stani, boquiaberta de choque.

"Há um ano, o Escritório para Assuntos Espaciais — ou EAE — recebeu comunicações de uma fonte alienígena não identificada", disse Stani.

"Alienígena não identificada?", repetiu Aria. "Há um ano?"

Stani acenou com a cabeça. "Sim."

"E eles não contaram a ninguém?"

"Pânico global, terror, caos, fanáticos religiosos, apocalipse... Você contaria?"

Aria voltou a olhar para o teto.

"O EAE ficou em silêncio", disse Stani. "O público. A imprensa. Os órgãos do governo..." Stani balançou a cabeça. "Ninguém sabia sobre os Weeches exceto o Escritório para Assuntos Espaciais."

"Alienígenas", repetiu Aria.

"Weeches", disse Stani.

"Weeches."

"O que você pensa que são zumbis, não são. Eles são uma raça alienígena chamada Weeches."

"É claro que são", disse Aria.

"Ajuda se nós pensarmos neles como Weeches", disse Stani.

"Quando os Weeches chegaram, o EAE manteve as coisas em segredo e sugeriu um plano que prepararia o público para a sua revelação. Os Weeches adoraram a ideia e o EAE financiou a Missão à Marte através da NASA, que eles planejavam usar para a revelação Weech."

"Revelação Weech", murmurou Aria.

"As coisas pareciam estar correndo conforme o planejado. A revelação programada estava a semanas de distância. Os homens tinham dado os seus primeiros passos em Marte quando um dos funcionários do EAE tropeçou na verdadeira agenda dos Weeches. As comunicações e negociações foram tudo uma farsa. Enquanto o EAE dançava como uma marionete, focado em acordos comerciais, negociações e na Missão à Marte, os Weeches estavam organizando uma invasão em larga escala escondida sob o pretexto da paz e da amizade. Quando o EAE descobriu tudo isso, os Weeches já tinham se mudado para cá. Eles assumiram o controle de tudo antes que alguém percebesse. Começaram com as bases militares ao redor do mundo, a mídia e todos os órgãos governamentais. Os civis ficaram sem defesas, sem líderes, sem comunicações e sem aviso de que isso estava chegando... ou mesmo que uma raça alienígena tinha chegado."

"Eles eliminaram as nossas tropas organizadas", disse Aria, enquanto compreendia as palavras.

"E todas as comunicações. Televisão, notícias, estações completas..."

"O poder da mídia", sussurrou Aria.

"Do conhecimento", disse Stani. "Quando o governo soube da invasão, a mídia e as tropas já tinham desaparecido."

"Eles não tinham como avisar o público ou preparar ninguém", disse Arias.

"Ou protegê-los", disse Stani.

"Nós éramos alvos fáceis."

A cabeça de Aria girou enquanto ela tentava imaginar os corpos ambulantes como sendo capazes de estabelecer uma operação disfarçada e discreta. "Como aquelas coisas podem enganar alguém?"

"Aqueles não são exatamente os Weeches", disse Stani.

"Bem, então, quem são eles?" Aria se sentou e girou as pernas para que os seus pés tocassem no chão.

"Não temos muita certeza", disse Stani. "O EAE caiu antes do departamento de pesquisa deles ter chegado muito longe."

"EAE", disse Aria. "Se ele foi abaixo, como é que você sabe tudo isso?"

"Temos um membro da equipe do EAE", disse Stani. "O Professor está continuando o que ele começou."

Aria suspirou.

"O Professor acha que eles são como soldados responsáveis por fazer a colheita em nome dos Weeches. Ou talvez os seus combatentes... Talvez eles realmente se pareçam assim. Nós simplesmente ainda não temos informação suficientes", disse Stani.

"Quem são todos vocês?", perguntou Aria.

"Somos só um grupo de... bem... somos uma espécie de seleção—"

"Um imbróglio", disse Angela, cortando Stanushka. Na base dos degraus, a capitã estava de pé segurando uma maçã. "Uma massa confusa. Desculpe por termos pegado pesado", disse Angela, entregando a maçã à Aria, que aceitou a fruta. Com algumas grandes dentadas, a maçã havia desaparecido. "Estamos preparando algo para você na cozinha. Está se sentindo melhor?"

Aria acenou com a cabeça.

"Quando foi a última vez que você comeu alguma coisa?", perguntou Angela.

"Na noite em que o meu pai..."

Um bolo na garganta parou as palavras de Aria e ela apertou o punho contra a testa.

"O que aconteceu na noite em que você perdeu o seu pai?", perguntou Stanushka.

Aria voltou a pensar naquela noite.

"Estava chovendo", começou ela. "Uma tempestade, na verdade. Depois tudo parou... de repente como —" Aria balançou a cabeça. "Como se algo tivesse parado a chuva. Um apito soou. Era tão alto... Doeu tanto, que eu caí no chão. Quando eu olhei pela janela, estava chovendo outra vez, mas... o meu pai tinha desaparecido."

"E você não viu ninguém?", perguntou Angela.

Aria abanou a cabeça.

"Como é que você foi parar na Ilha Singer?"

"Singer..." Aria parou.

"Ilha Singer, repetiu Angela. "Sim. Com o Caius e o clã dele."

"Quem..." Aria pensou na noite na qual que conheceu Caius. Ela realmente não tinha ideia de como chegou lá quando acordou ou mesmo de onde estava. "Eu não sei", disse ela. "Depois do meu pai ter desaparecido, eu estava sozinha... mas os... Weeches... Eles vieram e... eu teria morrido se..."

Aria não conseguia dizer a palavra. "Vampiro" soava tão ridículo quanto "zumbi".

"O Caius estava lá", continuou ela. "Ele me salvou."

"Ele não te salvou", disse Angela. "Ele estava salvando o seu próprio jantar."

Aria segurou o estômago, desejando que ele parasse de revirar.

"Eu já estive na Ilha Singer", disse Aria. "Uma vez. Há anos. Estava cheia de turistas e noivas. Sem o Drácula."

"Dá no mesmo", disse Angela. "Quando os Weeches invadiram, o Caius se mudou e limpou a casa. Achamos que ele gostou do aspecto gótico do lugar. Fez ele se sentir em casa."

"Eu não..." Aria deixou a cabeça cair nas mãos. "Então o Caius chegou com os Weeches?"

Angela e Stanushka trocaram um olhar.

"Talvez devêssemos ver se o jantar está pronto", disse Angela. "Stani?"

"Capitã."

"Vamos mostrar as botas a ela."

"Botas!", guinchou Stani. Ela estava de pé em um segundo. A arma pendurada carinhosamente ao seu lado. "Ah! Aria! Você vai adorar! Vamos trocar a roupa de vovozinha por couro!"

5

"Fazemos parte de um pequeno grupo que caça o clã do Caius", disse Angela.

"Caça-vampiros", confirmou Aria, puxando uma calça jeans preta sobre os quadris.

"Vampiro é a melhor maneira de descrever o que o Caius é, mas vampiros são apenas as histórias que se desenvolveram ao longo dos séculos para descrever o que ele realmente é. A explicação dos mortais para algo que eles não entendem."

"Então, o que o Caius é... realmente?"

"Eles não bebem sangue, se é isso que você está se perguntando", disse Angela com um sorriso. "Eles são canibais, mais ou menos. Seriam, se fossem humanos. Não há balas de prata, nem alho, nem cruzes, nem água benta. Essas eram superstições criadas por homens religiosos que se voltaram para os seus deuses para se proteger. E o alho era usado apenas como um remédio padrão para tratar uma série de doenças."

"Eles pensaram que era uma doença", disse Aria, puxando e depois fechando um par de botas de couro preto.

"Exatamente. Eles têm baixa tolerância à luz, mas isso é devido a onde eles vivem e a sua evolução e não por causa do que eles são. Eles não viram mortos. Não há morcegos. Nem caixões. O Caius é imortal. Ele e o seu clã apenas... não envelhecem. Mas eles podem ser mortos tão facilmente como você ou eu."

"Se os vampiros realmente existem, então porque não sabemos sobre eles?", perguntou Aria.

"Nós sabíamos", disse Angela. "Os mortais morrem de medo desse tipo de poder. Então nós nos especializamos em caçá-los e matá-los. Eles teriam entrado em extinção se não tivessem se escondido e encorajado as histórias que conhecemos hoje."

"Então por que—"

"Porque o Caius nos tem em desvantagem. Ele tem séculos de treino. Enquanto nós temos apenas uma vida para dominar qualquer campo, o Caius tem um número infinito de vidas. O clã dele teve tempo para dominar todas as habilidades conhecidas pelo homem. Isso coloca ele em uma ligeira vantagem."

"Mas..." As mãos de Aria foram até o seu pescoço. Dois pequenos furos estavam curados, mas não havia como negar o que ela havia visto.

"Os caninos", disse Angela. "Foi isso que deu origem à maioria dos rumores. Eles não os usam para beber sangue como morcegos. Todos nós tivemos caninos uma vez. Ao longo dos anos, evoluímos e os nossos caninos diminuíram. Os deles não. Os caninos são venenosos..."

"Como cobras", deduziu Aria.

"Sim. O veneno paralisa as presas. E isso é tudo. Ele as deixa inconscientes para... facilitar o jantar." Angela sorriu e Aria se sentiu tonta. A sala ainda estava girando. "Os que tinham alergia morreram devido ao veneno. Daí os rumores. E um antídoto pode ser feito... assim como um antídoto para o veneno de cobra. Na verdade, é nisso que o Professor está trabalhando agora."

"Onde está o Professor?", perguntou Aria.

A tripulação trocou olhares silenciosos que convenceram Aria a mudar de assunto.

"Mas... você não precisa do veneno para criar um antídoto?", perguntou Aria.

Ela deslizou os braços pelas mangas de uma jaqueta de couro preto e soltou o cabelo.

"Sim", disse Angela. "E é aí onde reside o nosso problema."

"E a solução", disse Norry de repente.

Aria olhou por cima do ombro para o barbudo escandinavo de pé nas escadas.

"O jantar está pronto."

6

O som da comida empurrou toda a curiosidade de Aria sobre o problema e a solução de um antídoto contra o veneno de um vampiro para fora da sua mente. Em vez disso, ela quase correu até Norry, que a levou até o convés.

O céu noturno saudou Aria, dando uma visão clara das estrelas. Ela ofegou diante da quantidade de luz que salpicava o dossel negro.

"Demorou um pouco para se acostumar," interrompeu Cin. "Quando a invasão aconteceu, perdemos a eletricidade na primeira semana. O silêncio que se seguiu... a falta de luz da cidade..."

Norry abriu a porta da cozinha e o cheiro de carne de porco assada atingiu Aria. O seu estômago apertou enquanto ela engolia uma boca cheia de saliva.

"Nós vamos comer", disse Angela. "E depois vamos rever o plano."

No momento em que Aria entrou na cozinha, Stanushka a colocou em uma cadeira à mesa enquanto os pratos se enchiam de carne de porco e a cerveja era passada.

Norry, Stanushka e Cin estavam nos seus lugares em volta da mesa com o inventor de monóculo, que não conseguia desviar sua atenção do trabalho nem mesmo por um momento, para reconhecer que a comida estava sendo servida.

"Adam!", chamou Angela.

"E aí!", respondeu Adam, sem olhar para cima.

"Coma! Faça uma pausa!"

Cin enfiou um prato de carne de porco ao lado dele enquanto destampava um de seus frascos. O barulho alegre rapidamente encheu a sala enquanto todos atacavam. Aria não perdeu tempo para encher a barriga, e só quando se obrigou a diminuir o ritmo é que olhou em volta da mesa para a miríade de rostos. Uma capitã com uma tiara, uma bêbada de cabelo roxo vestida de couro, a loira com as pontas do cabelo cor-de-rosa chiclete... mesmo aqui, uma pistola automática tinha encontrado o seu lugar à mesa.

O escandinavo trocava cervejas com Cin Dixon, que sorria com facilidade. Através de tudo isso, Adam tinha encontrado tempo para enfiar um pouco de carne de porco na boca apesar dos seus olhos ainda estarem colados no seu aparelho, o seu monóculo permanentemente fixado sobre o olho direito. Por um momento, Aria o assistiu colocar dois dedos em um bolso pequeno e puxar uma engenhoca que ela não conseguia identificar. Parte pinça, parte lupa, ou talvez uma chave de fenda... ela não conseguia distinguir.

Ele ajustou o monóculo preso ao olho e continuou a trabalhar.

Em menos de vinte minutos, a carne de porco havia desaparecido. Com exceção de uma travessa separada que Stanushka estava enchendo no momento, nenhum outro alimento permaneceu. Aria viu Stani levar o prato até ao balcão.

"Agora então," continuou Angela. "A solução para o nosso atual dilema —"

Um grito cortou o ar e os talheres congelaram. A tripulação trocou olhares silenciosos. No segundo grito, todos pegaram a arma mais próxima e as carregaram até a porta. Curiosa demais para perguntar, Aria se levantou e os seguiu.

"Para trás! Para trás!" A voz de um homem gritou da costa onde só um borrão negro era visível de um grupo recolhido. Os grunhidos e rosnados eram carregados da margem pelo rio.

"Para trás!", gritou o homem.

Uma voz feminina gritou por cima dos rosnados.

"Chess", disse Cin, levando a equipe à ação.

Suavemente, Adam chutou casualmente o lado do navio. Uma tábua do assoalho saltou enquanto o barulho de metal da âncora obedecia. Antes que Aria pudesse perguntar, ele estava de joelhos, retirando do convés um grande dispositivo que lembrava um lança-foguetes. Ao mesmo tempo, Adam apontou para a margem e apertou o gatilho, mandando um gancho até a margem do rio, tudo isso enquanto o navio parava completamente.

Enquanto Aria tentava entender a situação, Stani, Cin e Angela estavam equipados e colocando algo parecido com uma roldana na corda que Adam havia disparado em direção à margem. Com três zooms, eles foram embora. O leve e sutil tilintar de vidro chamou a atenção de Aria de volta para Adam, que de repente estava segurando uma xícara de chá. Ele tomava lentamente a bebida quente como se estivesse saboreando os taninos amargos e a noite calma no rio São Lourenço , ao luar e em companhia dos zumbis. Aria olhou para Norry, que já estava encostado na parede da cabine segurando um odre que ela suspeitava estar cheio de algo mais forte.

Adam ajustou o seu monóculo.

"O que você está fazendo?", disse Aria. "Não vai ajudar eles?"

"Para quê?", disse Adam, como se estivesse fazendo a um estudante uma pergunta incisiva sobre física.

"Relaxa, Aria", disse Norry. "Eles vão ficar chateados se a gente roubar a diversão deles."

7

Da tirolesa, Stani disparou sua pistola automática e furou os Weechs com chumbo. Eles foram atingidos, tremendo sob os tiros, dando tempo para o grupo aterrissar e se soltar da corta. Cin se virou com os punhais, liderando o caminho. As entranhas dos Weechs se espalhavam pelas mãos de Angela enquanto ela desembainhava as espadas e cortava caminho pela multidão. Atrás deles, Stani disparou outra rodada de tiros.

Enquanto os Weeches eram atingidos, Cin e Angela fizeram caminho em meio à multidão.

"Ali!", gritou Cin, enterrando a adaga no crânio de um Weech e chamando a atenção de Angela para Chess "Sabre" esculpindo um buraco à sua volta.

"Quem é aquele?", perguntou Angela, enquanto tirava a cabeça de um Weech. Escondido atrás de Chess, usando apenas uma tanga e botas de trapo preto, estava um homem pálido e esquelético na escuridão. Além dos seus dedos indicadores posicionados para formar uma cruz, ele parecia não fazer outra coisa senão soltar um grito ocasional.

"Para trás!", gritou ele, reunindo coragem suficiente para meter a cabeça por cima do ombro de Chess.

Com uma nova direção, Cin e Angela abriram caminho em

direção a Chess e ao selvagem. Mais Weeches se aproximaram, e Cin enfiou os seus punhais nos pescoços deles, derramando sangue podre gelado no chão. O fedor os engoliu enquanto Angela cortava as pernas de outro, levando suas lâminas para dentro de crânios e tripas. Mais Weeches chegaram até que um pulso sonoro foi liberado através da multidão, jogando Chess, Angela, Cin, e o homem selvagem no chão.

À medida que a fumaça se dissipava, eles só conseguiam ver Stanushka pacientemente à espera de que todos se levantassem. Uma bazuca estava aninhada carinhosamente no seu ombro.

"O quê?" Stani encolheu os ombros.

Cin e Angela ficaram de pé com Chess. Angela fez uma careta.

"O que cheira a alho?"

"Ele", disse Chess, apontando para o homem selvagem ainda achatado de costas, murmurando loucuras em voz baixa.

O luar refletia no seu peito e brilhava como um farol no meio da noite.

"O que ele é?", perguntou Cin, estudando o homem selvagem ainda deitado de costas.

"Loucura", murmurou ele. "Devo... lutar contra a loucura."

Stani abriu caminho através dos membros gelados e ficou ao lado de Chess, que usava roupas de pirata do século XVI, desde botas com fivelas até um chapéu de pirata perfeitamente posicionado no cabelo preto com listras brancas.

"O que é isso, Chess?", perguntou Angela.

"Não tenho certeza", disse Chess. "Eu encontrei ele durante a minha ronda. Ele estava preso em uma árvore gritando coisas sobre a loucura e o escuro. Foi tudo o que pude fazer para arrancar um nome dele."

"E qual é?"

"Matt", disse Chess. "Mas eu comecei a chamar ele de Matt Louco."

Angela acenou com a cabeça aprovando. "Combina com ele."

"Não é?"

"O que há de errado com ele?", perguntou Stani.

"Ainda não tenho certeza", disse Chess. "Quando os Weeches encontraram ele na árvore, ele estava cruzando os dedos para eles, gritando alguma merda."

"Ele fede a alho", disse Angela.

Chess franziu a testa. "É. É a tanga dele. Acho que ele ensopou ela em manteiga de alho... quatro meses atrás."

Matt Louco simplesmente murmurou para as estrelas enquanto eles conversavam.

"A escuridão", murmurou ele. "A escuridão... a loucura... e a escuridão."

"Certo", disse Angela. "Então, o que fazemos com ele?"

"Bem, não podemos deixar ele aqui", disse Stani.

"Você não está propondo que a gente traga ele a bordo do Slush Brain..."

"Bom, olha para ele", disse Stani. "Ele é meio fofo."

Em uníssono, as garotas olharam para o homem fedendo a alho, quase nu, deitado no chão, ainda ofegante.

"Certo", disse Angela. "Tragam ele."

"A ESCURIDÃO... A LOUCURA... LOUCURA."

Aria estudou o homem quase nu deitado na espreguiçadeira enquanto ele murmurava interminavelmente em um forte sotaque inglês. Ele apertava o cobertor contra o peito enquanto Adam movia um estetoscópio sobre o seu coração.

"Os olhos dele parecem que vão saltar das órbitas", anunciou Cinders enquanto se instalava no bar, agarrando uma garrafa de vinho.

"Parecem, não é?", disse Angela.

"Escuridão..."

"O que há de errado com ele?", perguntou Aria, enquanto Adam tirava o estetoscópio dos ouvidos e suspirava.

"Bom, nada que eu possa ver. O que quer que esteja errado com ele é mental."

"Claramente", disse Cinders.

"Loucura... Louca..."

"Ele disse mais alguma coisa?", perguntou Adam, contemplando a situação como se estivesse observando as maquinações de um aparelho bem lubrificado.

"Nada", disse Angela. "Ele só fala da escuridão...e da loucura..."

"E da escuridão", disse Cin.

"Certo, isso também", disse Angela, sem perder tempo.

"Ei." Um barulho alto veio da porta quando Norry mordeu uma maçã. "Como vai o rapaz do alho?"

"Vocês poderiam ser mais insensíveis?", gritou Aria, enquanto saltava do seu lugar no balcão.

Norry mordeu outro pedaço da maçã.

"Esse pobre coitado está claramente perturbado. Alguma coisa deixou ele seriamente transtornado —"

"Você pode dizer 'fodido', Aria", disse Norry.

"Não!", gritou Aria. "Não vou! Eu me recuso a acreditar que a situação é tão ruim assim! Não existem vampiros! Não existem zumbis —"

"Weeches."

"Não!", gritou Aria novamente. "Nada de Weeches! Nada de vampiros! Nada de alienígenas e certamente nada de zumbis!"

"Caius", Matt Louco sussurrou de repente, chamando a atenção de todos de volta para a espreguiçadeira. "Caiu—"

De repente, Matt jogou o cobertor e saltou de pé. "Não me trarás de volta das chamas, seus pagãos! Demônios! Não de volta da escuridão!"

Matt saltou da espreguiçadeira e antes que Cin pudesse beber o resto do seu vinho, ele estava subindo as escadas até o convés principal, três degraus de cada vez, a sua tanga embebida em manteiga de alho deixando para trás um rasto de mau cheiro.

"Liberdade!", gritou Matt.

"Segurem ele!", gritou Chess, desembainhando o seu sabre e

liderando o caminho com Cin, Angela, Stanushka, subindo as escadas atrás dela.

No alto das escadas, Matt liderava o menagerie que esbarrou nas suas costas nuas.

"Você", rosnou ele, apontando um dedo longo para uma figura de pé no convés do Slush Brain.

"Vá embora!", gritou Matt, mas Angela já havia desembainhado a sua espada. Cin, os seus punhais e Stanushka tinha trazido o lança-foguetes ao rosto e feito pontaria.

"Bom, vocês não são uns coitados rebocando esse lixo", veio o tom debochado das sombras. Com facilidade, Kylie pulou da borda para o convés. " Você pensaria que nós estamos em guerra ou algo assim."

"Estamos em guerra, idiota", disse Stanushka.

"Certo", disse Kylie. "Com a guerra, e os Weeches, e o sangue..."

"O que você quer, idiota?", rosnou Angela.

"Relaxa. Eu não estou aqui para ajudar. Estou aqui para incomodar", disse Kylie. "E a maneira mais fácil de irritar o Caius é ajudando vocês."

Todos apertaram as armas.

"O Caius vai vir atrás dele", disse Kylie, acenando para Matt Louco, que ainda estava aterrorizado. "Se eu fosse vocês, me livraria dele, manteria ele preso, ou fugiria. Pessoalmente, eu o afogaria, mas isso sou eu."

Angela olhou o homem pálido de cima para baixo. Manteiga de alho rançosa pingava nas suas botas desamarradas.

"Sim, eu sei", disse Kylie. "Ele não parece grande coisa. Mas eu te asseguro de que ele nem sempre foi assim." Com um salto, Kylie estava de volta à borda. "Eu diria que vocês têm uma hora", avisou ela. "O Caius não gosta de esperar."

Com mais um passo, Kylie se foi, deixando para trás apenas o som da água contra o casco do navio.

8

"NÃO PODEMOS FICAR AQUI SENTADOS!", GRITOU STANUSHKA ABAIXO do convés.

"Podemos levá-lo", disse Cin.

"E se ela estiver mentindo?"

"É claro que ela está mentindo", opinou Norry. "Nenhuma mulher que se pareça com ela é uma mulher honesta."

"Você saberia", disse Angela.

"Ele está chegando."

A pouca sanidade de Matt Louco foi suficiente para silenciar o grupo. Agachado em um canto, Matt espreitava por cima da mão que cobria a boa, como se ele tivesse absorvido cada palavra que havia sido trocada.

"E como você sabe disso?", perguntou Chess.

"Ele não vai parar por aqui", disse Matt. "Ele vai destruir o seu navio. Vai matar todos vocês, rasgar seus corpos até o sangue jorrar dos seus corações... e depois ele vai comê-lo... vai comê-lo... eu sei disso", sussurrou Matt. "Eu vi ele fazer isso... com a minha irmã... minha mãe... minha mulher..."

"Matt", disse Angela, mantendo a voz baixa.

Matt limpou o molhado dos seus olhos.

"A Kylie disse que você sabe de alguma coisa."

"Não me pergunte, querida", disse ele. "Nada sobre isso. Eu sou o único que sabe. E se mais alguém souber, ele virá atrás dessa pessoa também."

"Matt", disse Stanushka. "Essa informação — o que você sabe — vai ajudar?"

"Não me pergunte, amor", disse Matt. Ele empurrou uma nova onda de lágrimas dos seus olhos e suspirou. "Eu não posso ficar aqui."

Como se estivesse resolvido, Matt ficou de pé e imediatamente pegou uma bolsa de ferramentas que viu em um canto próximo. Aleatoriamente, ele começou a andar pela sala, atirando tudo à vista para dentro dela.

As ferramentas de Adam...

"Hum... Desculpe?", gaguejou Adam.

Um sanduíche comido pela metade das mãos de Norry.

"Desculpe?", disse Norry.

A bebida de Cin

"Ei", rosnou ela.

Uma pilha de aparas de madeira do chão onde Angela tinha estado talhando.

"Muito bem", declarou Matt, como se estivesse pronto para empreender uma grande viagem. Ele atirou a última das aparas de madeira para dentro da bolsa e a fechou com vigor. "Então eu vou andando. Adeus."

"Espere um momento!", gritou Angela, enquanto Matt pegava a sua echarpe de colecionador de *Doctor Who*, com a qual ele prontamente tentou se vestir.

Uma explosão no convés fez o Slush Brain balançar loucamente, forçando todos a agarrar as mesas, grades e paredes para se manterem de pé.

"Ele chegou", disse Matt, e com a bolsa de ferramentas na mão, fugiu pelas escadas acima, a echarpe de cinco metros do Doctor Who balançando atrás dele.

. . .

"NEM NO MAR, nem na baía eu voltarei a dormir", uivava Matt enquanto corria escada acima, seguindo em frente com a cabeça abaixada e a bolsa enfiada debaixo do braço. Outro estrondo, seguido de uma chuva de destroços, protegeu Matt de vista enquanto ele deslizava para trás dos aposentos da capitã e pegava uma chave inglesa qualquer descansando em cima de um barril próximo.

Outro estrondo no convés sacudiu o navio, seguido de um uivo.

Matt agarrou um utensílio aleatório e voltou para trás do barril.

"Capitã!", chamou Caius por cima do estrondo.

Um a um, Angela, Cin, Chess, Stanushka, Norry e Adam apareceram no convés, se juntando à horda de vampiros que se revezava rasgando o convés com uma série de socos.

"O meu navio!", gritou Angela, enquanto os lacaios de Caius se revezavam esmurrando as bordas e fazendo buracos no convés.

Stanushka ergueu a sua bazuca, Cin desembainhou as adagas, e Chess apontou as armas e fez pontaria.

"Capitã!", sorriu Caius.

"Caius", disse Angela. "Saia do meu navio antes que eu dê o seu coração de comida aos Weeches."

"Ora, ora", disse Caius. "Quanto ódio."

"Agora, Caius!"

"Você tem algo que me pertence e que eu quero, Capitã. Devolva a garota... e o Doutor, e ficamos quites. Eu e os meus parentes vamos embora, deixando a sua nave intacta."

"Você vai embora deixando o navio intacto, de qualquer forma", disse Cin.

O sorriso de Caius se alargou. "Eu vou?"

Caius hesitou e Stanushka disparou a bazuca, errando completamente enquanto Caius disparava pelo convés em direção à Capitã. Ele tentou agarrar o pescoço de Angela enquanto ela se virava, espada na mão, para decapitar o primeiro dos lacaios de Caius. Quando a primeira das cabeças caiu no convés, uma pequena nuvem de fumaça explodiu no rosto de Caius, que rosnou com o fedor de beterrabas.

Mais duas cabeças caíram enquanto Cin cortava com os punhais, virava e cruzava as lâminas através de outra garganta. Ao lado dela, Chess disparou as suas pistolas contra os rostos dos vampiros que se aproximavam. Eles atacaram com dedos longos como garras prontas para triturar suas presas. Corpos caíram no convés quando Norry pegou sua cimitarra e cortou as cabeças dos vampiros sibilando contra ele.

Recuperado da explosão e do fedor de beterraba, Caius avistou Aria. Num instante, ele estava sobre ela, por trás, suas garras arranhando o pescoço dela com um sorriso faminto.

"O seu sangue está cheio de veneno, Aria. É só uma questão de tempo..."

"Toque nela e a sua cabeça será a próxima a cair", disse Angela, a sua espada apontada para a garganta de Caius.

"Não espere, Capitã. Mate ele e acabe com isso", disse Stanushka. "Aqui. Me deixe ajudar." Com a sua bazuca assentada no ombro, Stani espreitou pela mira em direção a Caius.

"Você sabe tão pouco além dos seus próprios olhos", disse Caius.

"Ei, Caius!", chamou Adam do outro lado do convés do navio. Em sua mão, ele segurava algo que se parecia com o top de uma criança. "Vá para o inferno."

Antes que ele pudesse liberar o top, um barril de pólvora explodiu atrás dele, jogando Adam, seu top, a tripulação, Caius, e os seus lacaios pelo convés do Slush Brain.

O top girou sobre o convés.

"Não!", disse Adam, mas era tarde demais, o topo girou loucamente, liberando uma nuvem que cheirava fortemente a beterraba.

"Corram", disse Adam. Se levantando do convés, ele liderou a

Capitã e a tripulação para fora do barco e dentro do São Lourenço. Colocando o seu rosto para fora do convés, Caius viu a nuvem se misturar com as chamas e romper em uma cadeia de explosões que envolveu o navio em fogo.

9

"O MEU NAVIO!", GRITOU ANGELA DA ÁGUA, ENQUANTO PEDAÇOS DO Slush Brain arrebentavam em estilhaços e destroços. Em silêncio, Aria e a tripulação contemplaram os destroços, o restante do seu santuário consumido pelo fogo e pelas chamas.

"Ei", chamou uma voz atrás deles.

A tripulação se virou para Matt Louco remando um pequeno barco. Ainda vestido com a echarpe, Matt acenou de dentro do barco para sinalizar à tripulação, a bolsa preta de miscelâneas ao seu lado.

"Ahoy!", gritou ele.

A tripulação nadou em direção ao barco de Matt.

"Cin. Ajude a Aria", disse Angela.

Cin nadou até onde estava Aria e a ajudou a subir no barco.

"Vamos lá, querida", disse Matt, tirando-a da água.

"Aqui", disse Cin, preparando os braços para entrar no barco trás de Aria. Stanushka já estava no barco, ajudando Chess a entrar na embarcação, quando algo se fechou ao redor do tornozelo de Cin e a puxou de volta para a água.

"Ele —" Cin engoliu com a boca cheia de água.

"Cinders?", perguntou Stanushka, se virando para onde Cin tinha estado há pouco. As bolhas cobriam a superfície.

"Cinders!", gritou Stanushka.

Respirando fundo, Angela mergulhou.

Do fundo do rio, os Weeches haviam visto a tripulação. Um tinha agarrado a perna de Cinder, puxando-a para o fundo. Mais Weeches nadaram em direção a Cin, que tinha conseguido puxar uma adaga da sua bota. Tarde demais. Um Weech agarrou o seu pulso. Empunhando a espada, Angela empurrou a lâmina, perfurando o Weech que segurava o tornozelo de Cin no peito. Quase instantaneamente, a ferida cicatrizou em volta da lâmina de Angela.

Angela retirou a espada, reabrindo a ferida e espalhando entranhas de Weech pela água.

Uma seta com a ponta modificada navegou através da água, cortando a mão segurando o tornozelo de Cin. Uma segunda flecha cortou a mão que agarrava o pulso de Cin, lhe dando tempo suficiente para voltar à superfície enquanto pedaços de Weech boiavam no rio São Lourenço. De pé no barco, Norry apontou uma besta carregada com uma terceira flecha. Ao lado dele, Stanushka carregou a sua besta.

A terceira flecha foi direto para o peito de um Weech que lutava com Angela. Ele libertou a Capitã, que nadou até à superfície. Enquanto Chess e Adam puxavam Cin para dentro do barco, Angela saiu da água. Mas o Weech, atrasado pelo impacto, se recuperou muito rapidamente e as seguiu. Norry caiu de joelhos, a besta abandonada, e deu um soco na cara do Weech.

"Calma", disse Adam, dando tapinhas nas costas de Cin enquanto ela e Angela tossiam oxigênio de volta para os seus pulmões. A superfície do São Lourenço assentou quando os Weeches voltaram para o fundo do rio.

Angela recuperou o ar, e lentamente olhou para Matt, ainda enrolado com a sua echarpe vintage do *Doctor Who*. Ficando de pé, ela atravessou o barco e deu um soco no nariz dele.

"Capitã!", disse Adam.

"Angela!", gritou Chess.

"Você explodiu o meu navio!", gritou Angela, enquanto Matt segurava o nariz que sangrava. "A nossa casa! As nossas armas! Todas as nossas provisões! Desapareceram!"

"Angela", acalmou Cin. "Como você sabe que ele explodiu o navio?"

"Ele era o único que não estava no convés!", gritou Angela.

Silêncio se seguiu enquanto todos olhavam para Matt em busca de uma resposta.

"Me pareceu uma boa ideia na hora", disse ele.

"Me dê isso", disse Angela, pegando a sua echarpe e o deixando de tanga e botas.

"Então o que vamos fazer agora?", perguntou Chess, chamando a atenção da tripulação para o barco e os poucos mantimentos que os rodeavam.

Ao longe, o Slush Brain queimava, iluminando a noite com as chamas.

"Abandonar o navio", disse Angela. "Aquelas chamas vão atrair todos os Weeches por quilômetros. Quanto mais cedo fugirmos, maiores as chances de passarmos pelos que estão vindo na nossa direção."

"Precisamos de um lugar para ficar", disse Cin.

"Precisamos fazer um inventário", disse Adam. "Ver quais mantimentos temos."

"Precisamos de comida", disse Stani.

O mastro do navio crepitou e depois se partiu ao se chocar com o convés do Slush Brain.

"Eu sei para onde podemos ir", disse Aria.

UM A UM, a tripulação saiu do barco para a terra.

"Sem armas, precisamos nos esconder", disse Angela. "Qualquer som vai atrair os Weeches. Qualquer movimento vai atrair o Caius. Temos poucas opções e altas prioridades."

Equilibrando-se com firmeza em Cin, Aria saiu do barco enjoada.

"Quando eu e o meu pai visitamos o São Lourenço, encontramos uma marina", disse Aria. "Barcos que transportam charutos. Cruzadores. Navios de turismo... Qualquer um deles vai estar carregado com mantimentos."

"Sem saber o quanto foi levado desde o início, vale a pena dar uma olhada", disse Norry.

"E quanto às armas...", disse Cin.

"Forte Drum."

Todos os olhos se voltaram para Adam, que endireitou o seu monóculo.

"Podemos ir para o Forte Drum", disse ele.

"Todos os fortes foram tomados", disse Chess. "As bases e fortes militares foram a primeira coisa que os Weeches atingiram."

"Eu verifiquei o forte a caminho do São Lourenço", disse Adam. "Estava cheio de Weeches quando eu passei, mas agora pode estar vazio. Pode estar cheio de armas. Vale a pena dar uma olhada."

"Qualquer sobrevivente na área pensaria o mesmo", disse Stanushka.

"A comida primeiro. Depois as armas", disse a Capitã. "Abrigo."

"Não importa onde nos instalarmos, zumbis ou vampiros", disse Cin. "Escolha."

"Ugh, podemos não usar a palavra com 'Z', por favor?" Aria se encolheu. "Faz tudo isso parecer tão estúpido."

"Como você chamaria eles então?", sorriu Stanushka. "Caminhantes?"

"Perseguidores?", sugeriu Adam.

"Mortos vivos?", acrescentou Chess.

"Meus sogros?", disse Cin.

"Weeches está bem", resmungou Aria.

"Comida primeiro", disse Angela. "Depois vamos discutir sobre o nosso próximo colega de quarto."

Com a bazuca na mão, Stanushka ajudou Norry e Adam a

puxar o barco para terra. Depois de empurrá-lo para as folhagens mais próximas, eles o esconderam embaixo dos ramos.

"Vamos lá", disse Angela, acenando para a tripulação. "Vai amanhecer logo. Dentro de uma hora, não teremos mais como nos esconder dos Weeches." Em silêncio, eles se apressaram ao longo das margens do São Lourenço: Cin, Norry, Adam, Stanushka, Matt Louco, Chess, Aria, e a Capitã.

Ao longe, Aria vislumbrou as silhuetas dos Weeches transformadas em sombra na primeira luz da manhã. Como se lutassem contra a força exercida sobre os seus ombros, eles eram subjugados pela gravidade da Terra enquanto puxavam os restos dos seus corpos em direção ao rio.

Mesmo dali, Aria podia ver a pele deles se agarrando aos seus ossos como trapos.

"Aria", sussurrou Cin, chamando a sua atenção para longe do grupo que seguia na direção deles.

"Porque não ficamos no barco?", perguntou Aria.

"Você já viu uma horda de Weeches atacando um barco?", perguntou Stanushka.

"Eles o destroem e depois o puxam para baixo", disse Angela.

"E te deixam sem ter para onde fugir", acrescentou Cin.

"A terra te dá uma saída", disse Adam. "A última coisa que você quer é ficar preso em um barco com um bando de Weeches em volta."

Aria imaginou uma horda de Weeches destruindo a única fonte de sobrevivência que restava. Um calafrio lhe subiu pela espinha. Aumentando o ritmo, ela olhou para o chão, os seus pensamentos se voltaram para o apito que soou e para a chuva que parou abruptamente na noite em que o seu pai desapareceu. Apesar do que toda a tripulação fez por ela, Aria tinha as suas dúvidas. Se ela fosse encontrar o seu pai, teria que se aventurar sozinha. Culpa se instalou no seu interior só de pensar em abandonar aqueles que já tinham feito tanto para ajudá-la.

"Você não vai sobreviver lá fora sozinha."

Aria se assustou com o som da voz de Norry. De repente, ele estava ao lado dela caminhando como um guarda armado.

"Como?", perguntou ela, olhando para a sua barba loira.

"Você estava com uma certa expressão", disse ele. "Todos nós sentimos isso de vez em quando. Você quer correr. Voltar para uma antiga casa, uma antiga cidade, um passado."

"Você deixa eles irem?", perguntou Aria.

"É claro", disse Norry. "Mas eles nunca mais voltam." Norry olhou para Aria diretamente nos olhos. "Ninguém volta. Ninguém sobrevive sozinho tempo suficiente para voltar."

Norry liberou Aria do seu olhar enquanto suas palavras eram absorvidas.

"Esses poucos aqui", disse Norry, acenando para a capitã na frente da fila, que tinha parado para inspecionar um paredão de floresta. "Nós somos aqueles que não voltaram."

"Você não gostaria de voltar?", perguntou Aria.

"Todos os dias", disse Norry.

Aria olhou para baixo, insegura sobre o que dizer.

"E todos os dias que eu não volto é um arrependimento", acrescentou.

"Porquê?"

"Norry!", chamou Angela das árvores.

Abandonando a conversa, Norry agarrou a cimitarra no quadril e correu para encontrar Angela.

"O que você acha?", disse Angela, enquanto Norry levantava um ramo e espreitava através dos arbustos.

"Santa Maria mãe de Deus", murmurou Norry. "Raios me partam."

"O que é?", perguntou Cin.

Um a um, a tripulação foi até a Capitã, onde todos olharam através das árvores. Aria puxou um ramo e ofegou.

Uma inesperada luz branca tinha iluminado a floresta, permitindo à tripulação ver quilômetros à frente. E ali, diante dos seus olhos, um grande disco, de quase dez metros de comprimento, pairava sobre a Terra. Um feixe de luz saía da sua barriga para o chão da floresta, onde Weech sobre Weech, centenas deles, estavam de pé. Cada Weech, curvando-se sob a gravidade da Terra, tropeçava por um momento em desordem antes de se fixar em uma direção. Para sul.

Uma sombra através do raio chamou a atenção de Aria e ela olhou para a luz que saía da parte de baixo do disco. Enterrada dentro da luz, Weeches eram derramados da nave como se a própria luz os levasse cuidadosamente para a terra.

"Estamos totalmente fodidos."

"PARA ONDE ELES VÃO?", perguntou Norry.

"Verdade, para onde?", disse Angela, olhando para a horda que virava para o sul.

"O que vamos fazer?", perguntou Aria. "Não tem como contornar isso", disse Chess.

"Parece um tomate."

Todos os olhos se voltaram para Matt. Ele parecia mais são do que nunca.

"Não, não parece", argumentou Cin.

"Parece", disse Matt. "Parece um tomate esmagado."

"Não. Não se parece em nada com um tomate."

"Parece", disse Matt. "Olha. Se você inclinar a cabeça bem para a esquerda..."

Chess e Stani inclinaram a cabeça e apertaram os olhos na tentativa de enxergar.

"Eu não vejo", disse Chess.

Aria se afastou, seguindo a linha de árvores enquanto observava os Weeches descendo do feixe de luz que jorrava da base do disco.

"Parece", disse Matt, a sua voz diminuindo enquanto Aria caminhava pelas fileiras de árvores, seus próprios pensamentos à deriva de volta para a tempestade, o assobio gritante e a chuva.

"Aria."

Uma voz que Aria conhecia muito bem a chamou dos arbustos.

"Pai?", chamou ela.

"Aria."

Aria olhou para a floresta onde as sombras eram ricas em detalhes.

"Aria."

Aria ficou de quatro e espreitou pelos arbustos onde a voz a chamava.

"Pai?"

Um esguicho doentio saiu da folhagem e Aria se inclinou para a frente, empurrando um ramo para trás. Rosnando, um Weech levantou os olhos injetados e fixou o olhar em Aria, que estava ajoelhada a menos de um braço de distância. Entre eles, um veado jazia morto. Os seus restos pingavam da mandíbula do Weech que rosnava, expondo um conjunto de caninos encharcados de sangue.

Aria congelou, incapaz de se mexer, incapaz de gritar.

"Aria", disse Cin. "Se afaste devagar."

Aria não se mexeu.

"Se afasta, querida..."

Tremendo, Aria se mexeu. O Weech avançou, e um flash de echarpe e tanga bloqueou a sua visão enquanto Cin a puxava para longe da carcaça.

"Vamos lá!", disse Matt Louco, segurando o Weech em uma chave de pescoço. "Seja bonzinho com a moça."

"Matt!", gritou Aria.

"Corram!", gritou Matt, enquanto enrolava a echarpe em volta da cara do Weech.

"Eles estão chegando!", disse Chess.

Aria olhou para o horizonte. A horda de Weeches tinha abandonado o seu movimento para o sul e se dirigia até eles.

"Corram!", disse Matt, lutando contra o Weech enrolado na echarpe, que rosnava.

Os Weeches passavam pelas árvores. Norry retirou as suas

cimitarras e cortou os primeiros membros que avançaram contra ele.

"Solta! Ele!", gritou Aria, chutando as pernas do Weech.

"Minha echarpe!", gritou Angela, e deslizou as suas lâminas pelo peito de um Weech. "Adam! Ajuda ele!"

"É para já", disse Adam, endireitando o monóculo antes de enfiar uma haste de prata no pescoço de um Weech. "Agora, todo mundo." Adam retirou a haste e a ergueu para o céu.

"Protejam os olhos", disse ele, e apertou um botão invisível na haste, enviando uma chuva vermelha sobre a tripulação e os Weeches.

"Beterrabas?", disse Aria. O Weech no qual ela estava dando ponta pés caiu morto no chão e a chuva de beterraba de Adam o encharcou.

Desembrulhando a echarpe do Weech flácido, Matt correu para a engenhoca de prata de Adam. "Ei! A minha chave de fendas!", gritou Matt, tropeçando na echarpe e caindo ao chão.

"Certo. Nós temos que ir", disse Adam. "Tipo... agora."

A tripulação baixou as armas e rapidamente seguiu Adam em direção ao rio, enquanto Matt tentava agarrar o seu aparelho.

"Para onde nós vamos?", perguntou Stani.

"Ali", disse Adam, apontando para o outro lado do rio.

"Espera", disse Aria. "Você quer que a gente atravesse o rio?"

"Agora, por favor", disse Adam. "Antes que a tintura desapareça."

Os Weeches já se agitavam, ficando de pé novamente para segui-los até a beira da água.

"Mais rápido!", gritou Angela, levando a tripulação pelo rio com água na cintura.

"ADAM! NÃO PODEMOS CONTINUAR! A correnteza é muito forte!"

"Não vamos longe", respondeu Adam.

Enquanto a tripulação saltava para a água, os Weeches chegavam às margens.

"Mais fundo", disse Adam. "Mais fundo..."

A corrente empurrava enquanto eles caminhavam mais para dentro do rio. Atingindo a cintura deles.

"Um pouco mais", disse Adam. A tripulação fez fila enquanto os Weeches entravam na água.

"Formem uma pirâmide", gritou Adam.

"Uma quê?", gritou Cin.

"Uma pirâmide!"

"Eu não vou ficar em cima dos ombros de ninguém!", disse Cin.

"Não nos ombros", gritou Adam de volta. "Um 'V'. Formem um 'V'! Angela para a cabeça, Cin! Stani! Atrás da Angela! Matt, Aria, Chess! Se alinhem! Norry! Fique do meu lado! Agora todo mundo, empurrem contra a corrente. Usem uns aos outros para quebrar a tensão da água e fortalecer a nossa resistência à corrente. E se mexam! Mais fundo agora! Juntos! Temos de ultrapassar a corrente."

Como uma unidade, a tripulação empurrou a corrente à medida que a água subia à altura do peito. Os Weeches continuaram a segui-los através do rio.

"Agora", disse Adam. "Observem."

No momento em que o primeiro Weech entrou na corrente, a água o rasgou e o levantou. Outros seguiram, cada Weech prosseguiu pelo rio por conta própria. A tripulação assistiu enquanto cada um era despedaçado pela corrente e levado rio abaixo.

"Adam!", chamou Chess. "Não podemos fazer isso para sempre!"

"Não, não podemos!", disse Adam.

"Quando eu disser para saltar", gritou Matt.

"Não!", gritaram Aria, Adam, e Norry.

"Você tem uma ideia melhor?"

A tripulação olhou entre si, cada um à espera de que o outro formulasse um plano.

"Muito bem, então!", disse Matt. "Quando eu disser saltem...

saltem!"

A tripulação saltou e a corrente os empurrou rio abaixo e para longe do local de aterrissagem. Os Weeches continuaram seguindo, mas a corrente empurrou a tripulação para longe muito rapidamente.

"Ada —" Angela engoliu uma boca cheia de água.

À medida que a corrente atirava e revirava a tripulação, Adam lutou contra o curso da água e chegou à sua bota. De dentro dela, ele retirou um longo tubo prateado. A água o puxou para baixo e Adam forçou sua cabeça para a superfície, apontou e disparou uma mão em forma de garra em direção à margem.

"Um Dale —" A água puxou Matt para debaixo da superfície.

"Segur —" A cabeça de Adam foi para baixo da água. Ele reapareceu. "Segurem!"

Angela agarrou o braço de Adam e tentou alcançar Norry, que conseguiu segurá-la. Aria e Matt vieram a seguir enquanto Chess agarrava o cinto de Norry. Cin agarrou a mão de Chess, e depois a mão de Angela. Angela agarrou Stani, que estava mais preocupada em manter a sua bazuca acima da superfície da água.

Pressionando um botão, a linha de Adam alimentada pelo tubo prateado se agitou, puxando a tripulação pela linha.

"Eu sou um peixe! Eu sou um peixe!", grasnou Matt, encantado com a cadeia humana que eles tinham formado na água.

Um a um, eles chegaram até a margem e se puxaram para a terra. Depois, deitaram na grama, ofegando para recuperar o fôlego enquanto descansavam.

"Me lembrem", disse Chess. "De esmurrar o Matt quando eu tiver forças para me mexer."

"Ei, Capitã", disse Norry do chão. "Que tal se encerrarmos por hoje?"

"Sim", disse Angela entre uma respiração e outra. "Vamos fazer isso."

"Isso é mesmo seguro?", perguntou Aria.

Seguro.

O silêncio se estendeu sobre a tripulação.

"Seguro", brincou Matt. "Algum lugar é seguro?"

"Vamos lá então", disse Norry, ficando de pé. "Vamos fazer uma fogueira. Verificar os mantimentos. Construir um abrigo. Vamos lá, Homem Alho. Podemos cortar alguns desses ramos de pinheiro maiores para fazer uma cama por essa noite."

"Ok", disse Matt.

"Vou explorar a área", disse Chess, ficando de pé.

"Eu vou caçar", disse Cin. "Vou ver se consigo encontrar algum animal selvagem na área que podemos pegar."

"Espera, Cin", disse Stani. "Eu vou com você."

A tripulação se dispersou enquanto Angela e Adam começaram a contar os suprimentos.

"Muito bem", disse Angela. "O que temos? O que perdemos?"

Colocando os braços em volta peito, Aria saiu para a floresta sem ser vista.

10

Aria vagou pelas árvores, parando de vez em quando para apanhar um graveto aleatório.

Ela escolheu uma árvore de bétula fina que tinha caído. Um pouco de pressão no lugar certo seria o suficiente para quebrá-la em pedaços consideráveis. Ela ergueu a ponta da bétula e a posicionou no seu próprio tronco, enquanto as últimas horas passavam pela sua mente. Aria forçou o pé sobre o tronco, mas ele só saltou em resposta.

Aria chutou novamente. O tronco saltou. Ela chutou várias vezes enquanto imagens do seu pai e de Caius passavam pela sua cabeça. Ela deu um pontapé. Os Weeches se aproximando...

Pontapé.

Caius.

Pontapé.

A nave espacial.

Pontapé.

Os Weeches.

Pontapé.

O seu pai.

Aria caiu no chão e soluçou, tremendo de frio, zangada com as suas próprias limitações.

"Aria."

Aria arfou e olhou para Matt Louco, de pé, vestido apenas de tanga, botas e echarpe.

"O que você quer?", disse Aria, fungando enquanto afastava as lágrimas.

"Não precisa esconder as lágrimas, amor. Você está certa por chorar."

"É, e o que você sabe sobre isso? Sobre qualquer coisa?"

"Você perdeu alguém próximo. Isso é óbvio."

Aria abraçou os joelhos ao peito. "Eu não devia estar aqui."

"Não", disse Matt. "Não devia. Nenhum de nós deveria."

"Eu só quero o meu pai de volta. Em vez disso, estou aqui com... Eu nem sei o que é isso! É uma loucura! É isso que é!"

Matt se sentou no chão ao lado de Aria e suspirou.

"Bristol", disse ele.

"O quê?"

"Eu sou de Bristol."

Aria estudou o rosto de Matt enquanto ele se lembrava de uma vida há muito perdida.

"Eu estava voltando do trabalho para casa quando as invasões na Inglaterra começaram. O primeiro-ministro foi o primeiro a cair, e os nossos gabinetes. A família real. Eu não estava me sentindo bem naquele dia, então fui embora. Acho que nunca estive tão feliz por ter um problema no estômago. Se eu tivesse ficado... Se eu estivesse me sentindo bem, nunca teria saído mais cedo e perdido o massacre. Eu teria morrido ao lado dos meus colegas de trabalho."

Aria olhou para ele, atordoada demais para responder.

"Eles derrubaram a mídia primeiro. Eu soube disso mais tarde. Eles perceberam que um ataque seria melhor se o público permanecesse ignorante. Ninguém os viu chegar. Ninguém sabia... Éramos todos alvos fáceis."

"Se a mídia foi derrubada, então como você soube? Sobre o primeiro-ministro e os governos e a família real?"

"Porque, minha querida", disse Matt, "eu estava trabalhando

com o primeiro-ministro organizando a reunião formal entre os Weeches e os humanos. Eu desenrolei o maldito tapete de boas-vindas para eles. Cada fonte da mídia, cada órgão do governo estava organizado no mesmo prédio quando eles lançaram o ataque. Todos capazes de se comunicarem e de governar, foram exterminados em um único movimento. Ninguém previu isso. Ninguém estava preparado ou mesmo ciente dos ataques que se seguiriam. Sem TV, sem rádio, sem jornal, sem satélite... Sem internet ou telefones... Tudo desapareceu. As nossas únicas fontes de comunicação eram o boca a boca. Não era muito eficaz quando se falava de uma invasão em grande escala."

"Tudo foi destruído", disse Aria.

"Sim." Matt acenou com a cabeça. "Pegou uma Lapris para mim, também."

Aria olhou para Matt com toda a seriedade. Juntos, eles começaram a rir. Depois de um momento, se acalmaram.

"Você foi capturado pelo Caius?", perguntou Aria.

Matt acenou com a cabeça. "Fui."

"Por quê? O que é que ele queria?"

"Não posso te dizer isso, amor. Não posso dar ao Caius mais nenhuma razão para caçar você."

Aria olhou para os céus e Matt se levantou.

"Matt?"

"Sim, amor?"

"Você acha que o meu pai está vivo?"

"Se ele for parecido com você, ele está."

Aria observou enquanto Matt voltava para o acampamento, sentada por mais um tempo enquanto olhava para o céu.

"Simplesmente lindo", disse ela.

De pé, ela limpou as folhas do traseiro e reposicionou o pé na parte mais fraca do tronco. Encontrando seu equilíbrio, ela saltou levemente, pronta para deslocar todo o seu peso contra o tronco quando uma mão fria cobriu a sua boca, torcendo o seu braço para trás e segurando sua cabeça contra um peito duro e frio.

"O meu clã está posicionado e pronto", respirou Caius. "Se você se mexer. Se lutar. Eles matam."

Caius acrescentou um beijo suave no ouvido de Aria.

"Venha", disse Caius. "Alguém requisitou uma reunião com você."

Caius abriu a boca e afundou os seus caninos na carne do pescoço de Aria. Ela se sentiu flácida nos braços de Caius e o mundo ficou escuro.

11

"Aria!", chamou Norry do outro lado do campo.

"Aria!", gritou Cin.

"Alguma coisa?", perguntou Angela.

"Nada", disse Adam.

"Capitã", disse Norry, "não podemos continuar fazendo isso. É um milagre que ainda não tenhamos atraído os Weeches."

"Nós atraímos", disse Chess, ofegante enquanto se juntava ao grupo. "A Stani e eu temos atrasado eles."

"Alguém encontrou alguma coisa?", perguntou Angela.

Stanushka se juntou a eles. Sangue de Weech fresco cobria os seus braços e os seus canos estavam fumaçando. "Não podemos ficar aqui à vista", disse ela.

"Ela está certa", disse Adam. "Precisamos encontrar cobertura. Recuar. Reagrupar. Avaliar. Executar."

"Eu não vou deixá-la para trás", disse Norry.

"Não vamos deixá-la", disse Cin.

"O Adam tem razão", disse Angela. "Não podemos ajudar a Aria se não cuidarmos primeiro de nós mesmos."

"Voltar para onde?", disse Norry. "O Slush Brain desapareceu. Nós não temos casa. Não temos mantimentos. Não temos a Aria..."

"O Castelo Singer."

Todos os olhos se voltaram para Matt, que havia permanecido estranhamente calado desde o desaparecimento de Aria.

"Matt", disse Angela. "O que você sabe?"

"Os Weeches não sequestram", disse Matt. "Se os Weeches a tivessem encontrado, haveria pedaços dela por todo o lado."

As palavras atingiram a tripulação, deixando um silêncio repugnante entre eles. "Se ela estivesse aqui", continuou Matt, "Ela responderia. Ela não está aqui, o que significa..."

"Caius", disse Angela.

"Caius", confirmou Matt.

"Nós não temos navio", disse Cin.

"Sem provisões", disse Adam.

"E nenhum plano", disse Stani.

"E você quer que a gente lance um ataque ao Castelo Singer?", perguntou Chess.

"É impossível", disse Norry.

"É possível", disse Matt. "Além disso, você ainda não considerou o nosso maior trunfo."

"O quê?", disse Cin.

"Eu", disse Matt. "Você esqueceu —" Matt balançou a echarpe de Angela, enrolando uma ponta no seu pescoço uma, duas e depois três vezes. "Eu sou o Doutor."

A tripulação observou, atordoada, enquanto Matt Louco — usando apenas botas, uma tanga de alho e uma echarpe do *Doctor Who* — caminhava em direção ao rio, com metade da echarpe atrás de si.

"Estamos mesmo seguindo um inglês quase nu em batalha?"

"Sim", disse Adam. "Sim, eu acho que estamos."

"Mas ele nem sequer tem cadarços nas botas", disse Cin.

"Não", disse Angela. "Não, ele não tem."

"Angela", sussurrou Chess em voz alta. "Ele pensa que é o Doutor."

A boca de Angela virou uma linha fina. "Sim. Sim, ele acha."

"Você acha que devíamos contar que ele não é?", perguntou Adam.

"Acho que isso não importa", disse Angela.

"Nós vamos morrer", disse Norry. "Não vamos?"

"Sim", disse Angela. "Sim, nós vamos." Abanando a cabeça, Angela seguiu Matt em direção ao rio, levando a sua tripulação ao Castelo Singer.

12

O ESTUPOR SE ROMPEU E O SONO SE ESVAIU ENQUANTO ARIA despertava no escuro ao som de soluços, gritos e o rosnado familiar dos Weeches. Um fedor persistente de porão húmido e de imundície humana dominava o ar. Os ombros de Aria queimaram, esticados por correntes que forçavam os seus braços a ficarem dolorosamente afastados.

Gritos flutuaram de algum lugar à distância, alimentando o seu pânico. Aria puxou as correntes. Ela se segurou com o pé na parede e puxou novamente as correntes cavadas nos seus pulsos.

"Eu não me mexeria muito", um sotaque suave ecoou através da cela.

Aria congelou e espreitou através da escuridão até ao fim da sala onde uma explosão de luz iluminou a silhueta alta de Caius.

Com a luz, Aria podia ver um par de Weeches acorrentados perto o suficiente para devorá-la, caso ela conseguisse escapar. Atrás dela, o horror a envolveu com a visão de gaiolas e celas cobrindo as paredes como um corredor e cada uma delas amontoada até em cima com os últimos dos humanos.

As mulheres choravam silenciosamente e mantinham os seus filhos próximos delas na imundície.

"Que porcaria você está fazendo com eles?", disse Aria.

Caius se virou para as jaulas atrás dele.

"Nós os salvamos."

"Isso é uma loucura!"

"Essa é a nossa única chance de sobreviver", disse Caius.

"Então você não devia sobreviver!"

"Somos diferentes dos humanos que criam gado para comer?"

"Nós não dormimos com o gado! Não casamos e nos reproduzimos com eles!", disse Aria.

"Os seus mitos diriam o contrário."

"Vocês são monstros!"

"Temos o direito de sobreviver", disse Caius.

"Não quando a sua sobrevivência é às nossas custas! Você não é melhor do que os Weeches!"

"Os Weeches não te darão uma oportunidade de viver. Eles vão te desfazer em pedaços."

"Não é diferente do que você fez aqui!", disse Aria.

"Os Weeches não fazem isso humanamente."

"E isso! É isso que vocês chamam de humano!? Ah, quanta diferença! Estamos discutindo sobre qual de vocês dois monstros é o pior. E vocês querem que eu faça parte disso!?"

"Você faz parte disso, Aria. Nasceu para isso, há décadas."

"Eu nunca fui nada disso", disse Aria.

Caius se virou para olhar melhor para os humanos que se acovardavam nas suas jaulas.

"Esses são tudo o que resta, pequenos ou doentes ou jovens demais para comer, por isso nós os guardamos aqui embaixo até que sejam úteis."

"Eles são pessoas!"

"Eles são ratos de laboratório", corrigiu Caius.

O horror da situação fez sentido. Como se dissesse: 'deixe que eu lhe mostre', Caius recuou, apontando a luz para iluminar um corredor onde mesas, instrumentos, cadáveres e a fonte dos gritos distantes residiam.

Aria se debateu enquanto chutava contra a parede, sem se

importar com os cortes e o sangue enquanto o metal cortava os seus pulsos ou com os Weeches excitados pela sua súbita explosão de movimento.

Exausta, ela se deixou cair no chão tanto quanto as correntes a deixavam e chorou.

"O que é você?", disse Aria.

"Exatamente o que você nos tornou", disse Caius. "Forçados a viver em segredo em buracos subterrâneos. Forçados a viver como animais enroscados em antros para escapar do genocídio dos homens. Tudo o que somos hoje, é devido a vocês... evoluídos para nos adaptar ao estilo de vida adotado pelos humanos. Veneno que paralisa as nossas presas, força e velocidade que supera os nossos predadores..."

"E a sede de sangue e o canibalismo?"

Caius sorriu. "Ah não, doce Aria... Isso é uma escolha. Ou, foi, uma vez." Caius retirou um frasco e segurou-o para que Aria pudesse vê-lo na luz.

"O que é isso?", perguntou ela.

"Isso." Caius admirava o frasco como um amante. "Isso é um vírus, fabricado, desenvolvido e aperfeiçoado dentro dessas masmorras. Os infectados continuarão vivendo com a sede de sangue. Ele afeta o cérebro e retira todas as inibições. Ele constrói músculos artificiais e aguça a ilusão."

"Então, é um frasco de álcool", disse Aria.

Caius sorriu.

"Há efeitos colaterais."

"Que tipo de efeitos?", perguntou Aria.

"Balbuciar. Divagações insanas. Às vezes delírios de que a cobaia é alguém que não é, ou que tem superpoderes que não existem."

Imediatamente, os pensamentos de Aria se voltaram para Matt Louco.

"No hospedeiro comum, pode ter uma série de efeitos." Caius deslocou seu olhar amoroso para Aria. "Mas no hospedeiro certo, ele faz algo completamente diferente."

"Como o quê?", perguntou Aria. O seu coração bateu forte no peito.

"Encontramos uma forma de alterar os componentes químicos de um hospedeiro... fazer deles o que não são. Transformá-los."

Aria bufou. "Mas isso é tecnologia que está muito além da nossa ciência. Não podemos chegar perto desse tipo de ciência."

"Não nós, talvez", disse Caius. "Mas eles não são." Caius levantou uma sobrancelha na direção do Weech tentando agarrar Aria.

Ela ofegou. "Não!"

"O mesmo veneno usado nos Weeches para assimilar humanos a Weeches é o mesmo veneno contido nesse frasco. Encontramos uma forma de assimilar os humanos e transformá-los no que quisermos... e você, Aria, é a primeira."

"Não!", gritou Aria, e se debateu contra a parede.

"O seu DNA é único. Só o seu sangue servirá como o hospedeiro que procuramos. O DNA transmitido de sua linhagem."

Aria congelou. "O meu pai..."

"Eu estava lá, sabe", disse Caius. "Naquela noite, quando o seu pai desapareceu."

Os olhos de Aria se alargaram em atenção.

"A chuva estava caindo... e a sirene tocou... Você nunca se perguntou porque eu sabia que devia estar lá? Como eu estava lá naquela noite?"

"Onde está o meu pai?", sussurrou Aria. "Você..." Fogo queimou a ponta do seu nariz. "Onde ele está?", perguntou ela, lutando contra as correntes novamente. "O que você fez com ele? Para onde você o levou? Ele está aqui?"

Lentamente, Caius caminhou até Aria.

"Onde..." Exausta, Aria caiu contra a parede. "Onde está o meu pai?"

Caius puxou uma mecha de cabelo de Aria para trás.

"Por favor", disse ele. Uma única lágrima escorregou pelo seu nariz.

"Eu compreendo o seu desdém por mim", disse Caius. Gentilmente, ele colocou a mão sob a sua bochecha, permitindo que a cabeça dela descansasse na palma da sua mão. "Eu posso te dar qualquer coisa", disse ele. "Você não precisaria de nada."

"Eu prefiro morrer do que viver um momento da minha vida com você", sibilou Aria.

Caius franziu a testa e retirou uma seringa do seu casaco. Rapidamente, ele colocou a seringa na ampola.

"Eu tenho toda a eternidade para esperar", disse Caius. "Você vai aprender a me amar antes que essa vida chegue ao fim."

Um novo grito forçou a atenção deles para as salas acima.

"Mas...visto que eu não tenho uma eternidade..." Caius mergulhou seus dentes em um lado do pescoço de Aria, empurrando a agulha no outro. Ela gritou enquanto Caius esvaziava o frasco. Um momento depois, ela caiu em silêncio contra a parede.

13

Caius fugiu pelas escadas principais. A sua frieza e dignidade desapareceram diante da sua fúria enquanto ele seguia em direção ao salão principal.

"Estamos sendo atacados", disse um vampiro quando encontrou Caius nos degraus.

"Eu não tenho tolerância para isso", disse Caius. "Quem é?"

"Os piratas estão aqui."

Caius congelou e soltou um suspiro. "Ele está com eles?"

"Está."

Caius continuou subindo as escadas como antes. "Não deixe eles saírem. Vivos ou mortos, os outros podem ficar, mas aquele inglês não sairá daqui outra vez. As células dele contêm todo o nosso trabalho dos últimos vinte anos."

De volta às masmorras onde Aria se encontrava, o par de Weeches acorrentados rosnavam e puxavam contra as suas amarras. Uma mulher vestida com roupas desgastadas pela sujeira e pelo tempo avançou sem esforço, levantando a lâmina em sua mão. A katana deslizou pela cabeça do Weech e caiu morta no chão. Se virando, ela levou a lâmina consigo, cortando o pescoço do segundo Weech, que caiu no chão do calabouço.

A mulher se ajoelhou ao lado de Aria, que tinha começado a tremer como se estivesse com febre. Após uma inspeção mais atenta, ela percebeu que a pele de Aria já tinha se tornado mais pálida, semelhante à de Caius. A mulher retirou uma ampola dos seus trapos e rapidamente puxou o líquido para dentro de uma seringa. Cuidadosamente, ela injetou o líquido em Aria.

"Shh", acalmou ela, e acariciou gentilmente o rosto de Aria. "Você está bem, agora."

O tremor diminuiu quando a calma assentou sobre Aria e a cor voltou às suas bochechas. Um momento depois, a mulher estava soltando as correntes de Aria.

14

Os gritos encheram o salão.

"O que é isso?", chamou um dos vampiros.

"Onde está o Caius?"

Mais gritos se seguiram a uma explosão distante. O castelo se agitou sob o tremor.

Kylie saiu da sala, descendo as grandes escadas quando um vampiro voou pela janela, desesperado para olhar para os terrenos da Ilha Singer.

"O que está acontecendo —"

Uma explosão atirou a porta para o corredor, enviando com ela uma avalanche de rocha, poeira, detritos e lascas de madeira.

'Uau! Vem comigo agora!' começou a tocar alto quanto a nuvem de pó se dissipou. A tripulação do Slush Brain emergiu com um fedor persistente de beterraba. Matt Louco vestido com as suas botas, echarpe do *Doctor Who* e tanga, armado com um balde de balões de água, Cin Dixon com seu frasco e espadas, Adam equipado com uma xícara de chá preto que ele bebericava lentamente com um mundo de paciência, Stanushka, com um conjunto de lança-granadas M32 fumegantes apontados em cada braço, Chess com a sua pistola, e Norry, armado e pronto com

um par de cimitarras. No centro da tripulação estava Angela, uma tiara meramente visível sob o chapéu de capitã e uma katana na mão.

Norry apertou pausa na caixa de som.

"Uma caixa de som?", perguntou Cin, enrugando a testa em direção a Norry. "Sério? Quantos anos você tem?"

"Caius!", gritou Angela. "Apareça! El Capitan quer brincar!"

"Kylie", Norry rosnou para a sala. "Onde ele está?"

Kylie olhou das escadas com uma expressão entediada.

"Ah, a ralé chegou."

"Queremos a Aria", anunciou Matt.

Caius sorriu e um vampiro loiro alto apareceu por detrás das escadas.

"Aria", disse Caius. "Esse é um pedido grande... e vai custar caro."

"Não estamos aqui para negociar", disse Angela.

Outro vampiro apareceu do buraco na parede atrás da equipe do Slush Brain.

"Estamos aqui para coletar", disse Stani.

"Vocês têm muita coragem arrombando a minha porta...", disse Caius.

"Parede", corrigiu Chess.

"Para ser honesto, a porta está em algum lugar por aqui", disse Norry.

Um terceiro e quarto vampiros se juntaram às fileiras, enquanto Caius irritava a tripulação.

"Eu faço essa oferta", disse ele. "Saiam agora deixando aquele homem, e eu vou esquecer como foram estúpidos derrubando a minha porta."

"Parede", corrigiu Adam.

"O Matt é um de nós", declarou Angela.

"Quando isso aconteceu?", perguntou Cin, olhando para o inglês seminu ainda cheirando a alho.

"Ele fica com a gente", disse Angela.

As narinas de Caius se dilataram visivelmente diante do desafio da tripulação.

"Caius", chamou Kylie das escadas.

"Agora não, Kylie", disse ele.

"Caius", disse Kylie novamente.

Caius olhou para ela. "Agora não, Kylie!"

Suco de beterraba se espalhou pelo peito de Caius. Os restos de um balão de água vermelha pendurados no seu colete. Todas as atenções se voltaram para Matt Louco, que ficou de pé, armado e pronto com um segundo balão de água.

"Peguem eles", disse Caius, e os vampiros saltaram em ação, encontrando as armas de Stani de frente.

Enquanto Chess descarregava as suas pistolas, Norry se colocou à frente, empunhando suas cimitarras e cortando cabeças mais rápido do que elas podiam pular para encontrar suas lâminas.

"Agora", disse Adam. Quando chegou a hora, Matt lançou uma chuva de balões de beterraba. Suco de beterraba se espalhou por toda parte, misturado com o sangue e a bebida enquanto Cin trocava seu frasco por uma adaga que esculpiu um caminho através dos dentes.

Lado a lado, Angela, Adam e Cin marcharam para além da batalha até os degraus.

"Por aqui", disse Angela. "Matt disse que ela estaria perto do andar mais baixo —"

Angela congelou.

"Qual o problema?", perguntou Cin, enquanto Adam passava por Angela.

"Meu Deus...", disse Adam. "Aria."

No topo de um lance de escadas estava uma mulher com a última das suas forças, segurando Aria nos braços.

Ela desmaiou e Adam mergulhou, apanhando Aria e a mulher antes que ela caísse no chão. Angela e Cin caíram de joelhos ao seu lado e gentilmente ajudaram as duas.

"A Aria está bem", disse Adam. "Parece que ela acabou de desmaiar."

"P-P-Por f...", gaguejou a mulher.

"Shh", Angela a calou, enquanto Cin colocava os trapos da mulher no lugar.

"Quem é ela?", perguntou Angela.

"Ela é a mãe da Aria."

Cin, Adam e Angela se voltaram para a voz atrás deles e viram Kylie.

Adam, Angela e Cin trocaram olhares e olharam fixamente para a mulher vestida de sangue e trapos. Por baixo da imundície, eles podiam apenas ver as semelhanças.

"Parece que ela perdeu muito sangue", disse Cin, puxando a última camada. Debaixo de uma mão trêmula, cheia de sangue, ela encontrou a ferida da mulher: um buraco abaixo de uma costela partida.

"Parece que ela derrubou alguns dos nossos no caminho para cima", disse Kylie.

A mãe de Aria moveu a lâmina que estava esquecida no chão.

"D... D... Dê...", sussurrou ela.

Angela aceitou a lâmina. "Nós vamos... Vamos garantir que a Aria receba."

A mulher ofegou como se estivesse aliviada e tentou sorrir através da dor enquanto dava os seus últimos suspiros. Um momento depois, ela exalou e a vida a deixou.

"Vamos lá", disse Adam. "Não podemos ficar aqui."

Adam tirou Aria do chão e parou. Uma horda de Weeches havia encontrado a ilha e estava abrindo caminho em direção ao buraco na parede.

"Bem?", disse Adam. "Vamos seguir em frente, então."

Sem questionar, Angela o seguiu de perto.

"Mas..." Cin olhou fixamente, estupefata com o número de Weeches se aproximando da parede.

"Não se preocupe", disse Adam, liderando calmamente o caminho sobre os escombros.

"Slush Brain! Vamos lá!", anunciou Angela, não ligando para a batalha.

Stani continuou a soltar balões sobre os vampiros pulando ao lado de Chess, enquanto Matt lançava balões de beterraba em Caius, que estava preso na batalha contra Norry.

Pelo canto do olho, Angela o viu: Caius roubou um olhar para Aria dormindo nos braços de Adam. Um golpe final, derrubando Norry, e ele pulou.

Adam congelou quando Angela saltou para a frente para levar o golpe no lugar de Aria, e em vez disso, encontrou o silêncio. Entre Caius e Aria, Chess ficou imóvel e suspensa ao final do braço de Caius.

Chess tossiu, cuspindo sangue.

Caius tirou a mão do seu peito. Ela estava morta antes de cair no chão.

Um grito de partir os ouvidos encheu o castelo quando Stani correu. Angela atacou Caius com a sua espada, que se esquivou. Esquecendo o balde de balões de beterraba, Matt correu para a luta.

"Não", disse Norry, agarrando Matt antes que ele se pudesse aproximar demais. "Precisamos ir embora", disse Norry. "Adam!"

"Entendi", disse Adam. "Todos! Saiam à direita."

Norry puxou Matt em direção à porta quando Angela e Cin se encontraram com Stani de frente, juntando-se a Adam quando eles partiram em direção à porta.

Caius saltou e bateu com força em Kylie, que o segurou no lugar.

"Kylie!", rosnou Caius. "Me solte!"

Angela olhou para trás.

"Sai daqui, Slush Brain!" disse Kylie.

"Você escolheu o seu lado, irmã!", disse Caius.

A tripulação do Slush Brain passou de volta pelo buraco na parede onde Adam passou Aria para Norry.

"Caius", disse Kylie. "Vá para o inferno."

Do bolso do colete, Adam tirou um relógio de bolso e deu um puxão na bainha do colete para endireitá-lo. Como se verificasse casualmente as horas, ele endireitou o seu monóculo e abriu o relógio. Cada gota de suco de beterraba acendeu, engolfando o salão em chamas.

EPÍLOGO

ANGELA OLHOU A DISTÂNCIA, ONDE UM DISCO ESTAVA ENTREGANDO Weech depois de Weech para a Baía de Alexandria. Atrás dela, o Castelo Singer ardia. Cin e Norry desapareceram debaixo do convés com Aria, ansiosos para colocá-la em um lugar confortável. Adam se pôs logo a trabalhar no conserto das armas de Stani.

Em algum lugar na noite, o Professor estava perdido para o mundo. Os restos mortais de Chess foram perdidos para as chamas. Era cedo demais para sentir a dor e a perda. Pela manhã, o cansaço da batalha se transformaria em choque. Talvez em um dia ou dois, eles sentissem o suficiente para chorar pela Chess. Agora, a necessidade de sobreviver era mais importante.

"Capitã?"

Angela se virou para Matt Louco, ainda de pé, usando apenas botas, uma tanga encharcada de alho e a sua echarpe.

"O que vamos fazer agora?", perguntou ele.

Exausta, Angela olhou para a nave Weech e a única solução viável que restava.

"Para os Weeches."

A história continua em Zombies do Espaço... Punhos na Escuridão!

Caro leitor,

Esperamos que você tenha gostado de ler *Zumbis do Espaço... e Vampiros*. Reserve um momento para deixar uma crítica, mesmo que curta. A sua opinião é importante para nós.

Atenciosamente,

Angela B. Chrysler e Next Chapter Team

SOBRE A AUTORA

Angela B. Chrysler é uma escritora, INTP, filósofa e nerd dócil que estuda teologia, linguística histórica, composição musical e história europeia medieval em Nova Iorque com um senso de humor seco e um senso de sarcasmo peculiar. Ela vive em um jardim com a sua família e os seus gatos.

http: / / www.angelabchrysler.com /

https: / / twitter.com / abchryslerabc

https: / / www.facebook.com / pages / Angela-B-Chrysler / 755206654548539?ref=hl

MAIS LIVROS DE ANGELA B. CHRYSLER

Dolor and Shadow (Contos do Livro Drui #1)

Enquanto a cidade dos elfos queima, a princesa Kallan é levada para Alfheim enquanto um grande poder começa a despertar dentro dela. Desesperada para manter a criança escondida, as suas habilidades são suprimidas e sua memória apagada. Mas os deuses também têm poderes, e é apenas uma questão de tempo até que eles encontrem a criança novamente.

Quando Kallan, a bruxa élfica, rainha de Lorlenalin, não consegue salvar seu pai moribundo, ela herda a guerra de seu pai e jura vingança contra o único homem que ela acredita ser o responsável: Rune, Rei de Gunir. Mas nada é como parece, e os deuses são implacáveis. Uma reviravolta do destino coloca Kallan na proteção do homem que ela jurou matar, e Rune na posse de um poder que ele não compreende.

De Alfheim, a Jotunheim, e depois perdidos no mundo dos Homens, esses dois devem formar uma aliança para voltarem para casa, e tentar resolver as mentiras do passado e da Sombra que persegue a todos.

Fogo e Mentiras (Contos do Livro Drui #2)

O sangue rega os campos de Alfheim. A guerra rasga a terra de reis usurpados e elfos. Os deuses Fae se aproximam e a força da rainha Kallan é testada enquanto ela segue o rei Rune até Alfheim. Mas o Monstro das Sombras enjaulado dentro do corpo de Rune se contorce de fome, e a mais nova companheira de Kallan, Bergen, a lendária Berserk, está determinada a acabar com o conflito com a sua vida.

Enquanto a bruxa, o rei, e o louco se juntam, a verdade enterrada no passado ressurge. Agora, Kallan deve dominar um poder adormecido ou ver o seu reino ser perdido para os Fae, que não pararão diante de nada para manter suas mentiras.

Fogo e Mentiras (Contos do Livro Drui #2) começa onde Dolor e Sombra parou, concluindo um capítulo da vida de Kallan quando o próximo começa.

Despedaçada

E a Morte chama quando o corvo de pedra se parte. Ruas de sangue deformam o seu rosto.

A morte vira seus olhos murchos e as sombras sussurram, "Mentiras".

Quando William, um jovem jornalista, procura Elizabeth, uma aclamada autora, na esperança de escrever sua biografia, a reclusa lhe concede vinte e quatro horas para ouvir a sua história. O que se segue é uma ampla gama de traumas que ficam à beira do macabro e do suspense psicológico.

Enquanto alterna as linhas da insanidade, Elizabeth examina seu passado de negligência, estupro, abuso, tortura e pedofilia. Quanto mais Elizabeth se aprofunda em sua psique, mais William testemunha os múltiplos problemas mentais que Elizabeth desenvolveu para lidar com uma vida sem amor, conforto, proteção, confiança, contato humano físico, afeto, terapia ou medicação.

Com o uso do existencialismo, escrevi Despedaçada, numa tentativa de determinar filosoficamente no que eu me tornei e por quê. Em vez disso, encontrei a consciência de que precisava para procurar ajuda. Despedaçada é o mapa do caminho que tomei para chegar à "Consciência".

Zumbis Do Espaço... E Vampiros
ISBN: 978-4-82410-555-4

Publicado por
Next Chapter
1-60-20 Minami-Otsuka
170-0005 Toshima-Ku, Tokyo
+818035793528

8 setembro 2021

www.ingramcontent.com/pod-product-compliance
Lightning Source LLC
LaVergne TN
LVHW041455190726
843491LV00008B/2366